我和小豬撲滿的存錢日記

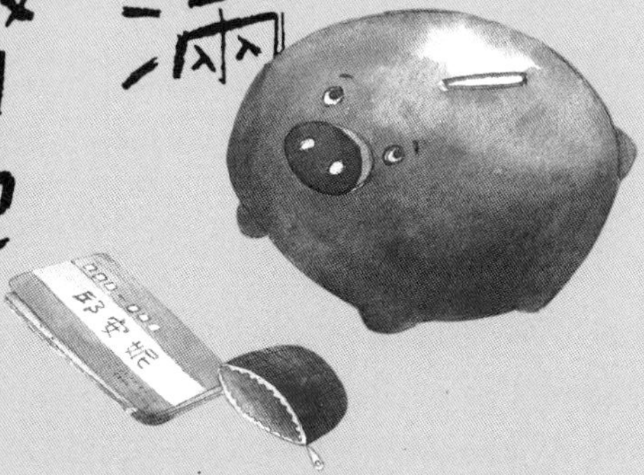

邱靖巧——著
劉彤渲——圖

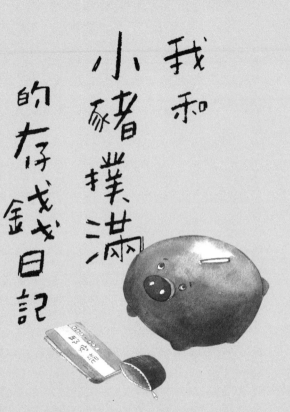

名家推薦

凌性傑（作家）：

《我和小豬撲滿的存錢日記》命名直接，敘述直白而少修飾。正因如此，才能以最簡單的文字，營造出最深刻的思考。這篇小說生活感強烈，深入探討青少年的物質觀與金錢觀。儲蓄的概念以及使用金錢的準則，可以反映出青少年為自己做決定的心理狀態。主角除了管理自己的小豬撲滿，還擔任班上總務的重責大任，層層考驗都迫使她學會為自己做決定、為自己負責。故事中金錢的往來、貧富的對比，亦是這篇小說的作者體察入微之處。存錢與用錢，與一個青少年的社會化歷程密不可分。金錢往來也和青少年的人際關係產生連結。《我和小豬撲滿的存錢日記》的作者匠心獨運，用輕鬆幽默的筆調，寫出了青少年面對金錢時最艱難的抉擇。

張桂娥（東吳大學日文系教授）：

作者以平凡無奇的數字象徵章節的篇名，畫龍點睛般地呈現各章節的核心主題，營造活靈活現的超寫實情境，探討青少年處理同儕間有關「金錢」議題時，既敏感又複雜的微妙心理。大量採取平鋪直敘手法的同儕對話內容，寫實逼真，讓讀者瞬間自然融入故事發生的場景，近距離感受青澀少男少女多愁善感的情緒；以及觀察他們試圖透過理性對話找到妥協方案的成長過程。雖然現代孩童大多生活在相對富裕的資本社會，但是貧富差距日益擴大的危機迫在眉睫。非常樂見台灣的青少年小說創作者開始伸展觸角，探索長期以來較少被關注過的「金錢觀」主題領域。期待讀者透過本作品主角人物們的經驗傳承，深度思索「家人／朋友」與「金錢」的關係；進而建構可以兼顧夢想與現實的理想金錢觀。

陳安儀（閱讀寫作老師）：

現代少年小說中，全篇以「儲蓄」為題材，討論少年金錢觀的作品，頗為少見，也因此令人眼睛一亮。作者對於小康家庭國中女生的親子關係、學校生活、金錢用度、同儕相處……觀察細膩入微。尤其是這個年紀的青少年，一方面有反叛情緒，一方面又需要大人金錢援助，常常處於屈辱、尷尬的狀況；此外，一面想要存錢實踐自己的夢想、一面卻又總是敵不過口腹之欲的內心糾結，亦常有懊悔煩惱的心情。作者在描寫時掌控得十分成功，評審閱讀時，皆不禁回憶起自己年少時期經常困於「金錢問題」的心情，相信少年讀者讀了以後，也將心有戚戚焉。

台灣社會貧富差距日大，窮苦的少年、有錢的富家小姐，在同一個學校裡，本就有許多問題可能發生；再加上老師眼中的乖乖牌、同儕中間的老大姊……不同個性的青少年碰撞之下，更會產生許多火花。作者能犀利的模擬青少年特有的尖刻嘲諷，對話設計流暢，情節宛若真實上演，並將金錢的價值，藉由劇情轉折提出解答，是一本生動自然的好作品。

0元

我發現一隻紅色的小豬撲滿在床頭櫃裡，用手挖出的瞬間，便察覺應該連一個銅板都沒有。果然是這樣，安靜輕盈

的塑膠撲滿一點分量也沒有。回頭看零錢包，剛剛已被我掏空了，最後的二十元買了一杯半糖紅茶，喝了一半，擱在書桌前。

還有錢嗎？有的，我打開抽屜，拿出郵局存摺，上面寫著我的名字，邱安妮。

唉，我嘆了一口氣，不看也罷，不管多少，裡面的錢在老媽的監控下，看得到，花不到。前陣子國小畢業，老媽將存摺交還給我，然後扎實地上了一堂五十分鐘的課，儲蓄的重要

性。我看著存摺裡那一頁頁密密麻麻的阿拉伯數字，像是阿里巴巴喊了芝麻開門，金山銀山都在眼前，可是當我想伸手過去時，我發現我的印章還在老媽的手裡，而我的錢安安穩穩地關在郵局裡。

突然砰了一聲，嚇了我一跳，應該是隔壁房間老哥的關門聲。我在找錢的同時，他應該被老媽念到耳朵長繭了。因為吃完晚飯時，我問老哥，不是說暑假要一起買整套金庸小說嗎？暑假都快過一半了，怎麼都沒動作？

老哥還沒出聲，老媽就先反問我，圖書館借不到嗎？

我正想回老媽，這不是借不借的問題，這是想買不想買的問題。跟圖書館借書有時候就少正要看的那一集兩集，倒不如買整套回家，看到哪都不會缺，而且我已經看了其中幾本，真的很喜歡，想買整套收藏，然後慢慢看……

我話都還沒說出口，老哥就說他現在沒錢。

老哥踩中地雷！

老爸在洗澡，完全沒有救援投手。

砰！爆炸了。老媽開始劈里啪啦，怎麼會沒錢？國中畢業後，印章也交給你，錢花到哪裡去了？印章存摺給你不是要給你亂花錢，存錢很辛苦的，你看存摺那些錢，我幫你存多久了……

五六分鐘過去，我發現老媽的內容有點重複了，但槍口還是對準老哥。老哥大我四歲，我想這樣的局面，他可以好好應付的。我默默地走回房間，想著連老哥這個合夥人都沒錢，我該怎麼辦？

我看了一下手錶，老哥被念了半小時，應該是老爸洗完澡，救援投手登板了。我去敲了老哥的房門，對他真的很抱歉，講了一句話，成了導火線。

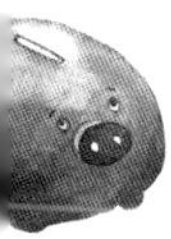

「什麼事？」老哥真厲害，還是一副無事樣。

「對不起啦！」

「沒事。」

「哥，你真的沒錢？你該不會接到什麼詐騙的電話？還是生病急需用錢什麼的？」電視上都是這樣演的，我想了一下，「需要多少？我的郵局裡……」

「傻什麼？要借我錢？嫌我被老媽念得還不夠。」

「也對。」我想起老媽訂的規矩，就算親兄妹都不能互相借錢，只是我還不懂這是哪門子的規矩，那真的很缺錢怎麼辦？跟銀行借嗎？還是跟高利貸借？

「也沒有那麼誇張，錢還有剩。不好意思，妳要看金庸小說，就先上圖書館借了。」

「喔。」我應了聲，趁老哥開音響選歌的同時，瞄了一下他的房間，有點好奇，錢是花到哪裡去？籃球，還是原本表面都快磨到光滑咕溜的那顆。球鞋，也沒多一雙，我老是記不得哪雙是喬丹幾號，不過算一算還是三雙。床邊擱著那把國中時買的二手吉他，就連他現在眼前的那台音響都老面孔了，還沒退役。

「找什麼？」老哥回頭看我，「在推理嗎？這房間有哪一樣新東西？」

「不是啦！」我趕緊撇清，「你聽音樂，我先閃了。」

我回房間，正想攤在床上放空一下，背部下面好像有東西，我伸手去拿，是小豬撲滿。

小豬撲滿！我跳起來，開了電腦，下意識搜尋了存錢的方法。

階梯式存錢，每週增加十元，第一週十元，第二週二十元……

這方法好像不錯，但是到第十週是一百元，第十一週是一百一十元。

可是我現在每週零用錢也才一百元，第十一週，我要去哪裡生出十元？

唉呦！怎麼手邊的錢少得可憐？我忍不住哀嚎一下。不過，一整套金庸小說到底要多少錢？記得一本好像兩百五十元，三十六本，就是⋯⋯。

我拿起計算機，按上數字，結果等於九千元。我倒吸了一口氣，少了老哥這個出七成的金主，這總數對我而言，簡直天文數字。

九千元，說不定整套買，會打折，九折，八折，七五折⋯⋯。

不管多少，總是有希望的，我要先存錢才是。有道是，錢不是萬能，但沒錢萬萬不能。我要對我自己有信心，我一定可以的。

10元

早上鬧鐘一響，我張開眼，興奮的心情完全無法賴床。熬了幾天，終於到領零用錢的日子了，我蹦蹦跳跳走下樓，差點踩到窩在樓梯口睡覺的陀陀。牠是隻七歲的黃毛土狗，是阿公鄉下母狗生的，一胎生了八隻，阿公差點沒昏倒，分送親朋好友後，剩下一隻弱小的小黃狗，老爸就帶牠來養了。

「陀陀，早。」

陀陀很疑惑地看著我，牠當然不懂我為什麼這麼早起，但牠搖了一下尾巴，好像有感染到我愉悅的心情。

「安妮。」老媽在我吃早餐的時候，叫了我一聲。

「啥？」我看她拿了一個信封袋，心想奇怪，不是該拿一百元給我嗎？拿信給我幹嘛？

「媽跟妳說。」老媽拉開餐桌旁的椅子，準備坐下，「再過一個月，妳就上國中了……」

我的天呀！老媽這一大清早的是要上什麼課？新生訓練也要月底，現在才八月初。我忍不住瞄了一下牆上的時鐘，五分鐘過了。

「所以，安妮妳接下來的零用錢，一個月領一次，妳自己要規畫，看多少錢要先存起來，不要馬上就……」

「媽，妳是說一個月領一次？」等等，我聽到重點了，打斷老媽的話，想再確認一次。

「對呀，我才剛講過，現在起，每個月初會給妳整個月的零用錢。」

老媽把桌上的信封袋推到我眼前，「這是八月份的零用錢。」

「喔，原來是這樣。」我瞪大眼睛，一次給，不知道有沒有加薪。

「要收好，不要亂花，像妳哥，不知道是把錢花到哪裡，也不說，只說要趁暑假去打工。」

「喔。」我應個聲，摸了摸信封袋，感覺裡面有紙張也有銅板。

「賺錢不容易，可是存錢更難，如果不是我節儉，妳爸怎麼會把薪水交給我管？存錢，還不是為了將來給你們念大學……」

「喔。」我盯著信封袋，好想知道裡面有多少錢，但老媽還在說話，不好意思這麼直接在她面前拆開信封。不過她接著應該會講以前她幫外公的家具工廠管帳的事，也可能會說起她在家代工車衣服，一件才賺幾十塊。唉呦，這些我都不知道聽過幾百遍了。

「怎麼了？」老媽發現我坐不住，微微地扭動屁股。

「我……我要上廁所。」我是說真的，可能吃完早餐，肚子裡的腸胃一陣騷動。

我衝向廁所，坐在馬桶上，心想時間點抓得剛好，避開老媽的碎念。正開心的時候，下一秒，我發現信封袋還擱在餐桌上，到底多少零用錢啦。

上完廁所，我回到餐桌旁，信封袋還在桌上，老媽已經不在那裡，聽見客廳傳來裁縫車規律的聲音。剩一個月快開學了，這個月對老媽來說簡直是加班的旺季。

家庭代工聽起來是感覺很輕鬆，卻是個可怕的傢伙，沒工作量的淡季，老闆給幾件制服衣褲的布料搪塞讓老媽繼續做，真的就只是貼補家用；而工作量暴增的旺季，一大捆一大捆深藍色或卡其色的布料放到客廳都快滿了，不只如此，老闆還要老媽限時完成。有時候，半夜迷迷糊糊中，我似乎聽到裁縫車的聲音，哽哽，喀啦。

我走回房間的途中，迫不及待打開信封袋，伸進拇指跟食指偷偷數著，一，二，三，四。

「四百。」我再將零錢倒在手掌，「一二三四五，五十。」

四百五十元，這樣的零用錢，月領跟週領好像差不多。不過一次拿這麼多錢，感覺還不錯。

走進房間，小豬撲滿掉落在床邊，我彎腰將它撿起。

「第一週，給你十元。」我把手中的一個十元硬幣投入小豬撲滿，其餘的錢收進我的零錢包。接著，我把小豬撲滿放在書桌上，現在它的價值不一樣了，是一個存錢桶，亂丟在地上，要是被老媽發現，一定會被念。

30元

「第二週，給你二十元。」我興沖沖地從零錢包挖出兩個十元硬幣，投入小豬撲滿，硬幣撞到塑膠的聲音感覺好空洞，一看撲滿裡面就三個硬幣。不過，我往手上零錢包仔細一瞧，怎麼裡頭有些空曠？

「一百，二百。」我拿出紙鈔後，倒出所有銅板，「五十，六十，七十，共兩百七十元。」

我倒吸了一口氣，趕緊拿出紙筆在便條紙上加加減減，才第一個星期過去，居然花了一百五十元，比我單週的零用錢多，這樣算透支嗎？錢花在哪裡？

我要冷靜，我想想看。

上星期領錢，隔天早上我跟蘇家三姊妹去圖書館。蘇藝芬是我國小同學，是大姊，放假期間都要當小保母，帶著兩個妹妹，玲芬跟珊芬，所以每次跟她約出門，我好像跟她們變成四姊妹。那天，我有花錢嗎？我腦筋轉呀轉，催眠自己回想起那天。

有，波霸奶茶，半糖少冰。跟她們說再見後，走回巷子時，習慣性在巷口那家泡沫紅茶店買了飲料，因為零錢包滿滿，所以毫不猶豫地點了一杯五十元的波霸奶茶。

可是這樣，還有一百元呢？我覺得我的腦筋轉到快打結了，下次應該

要記帳的，還是先在剛剛的便條紙寫上飲料五十。

我正動手寫字時，有種靈光一閃的感覺，就是這原子筆，十五元，前幾天買的，因為想說改天要上國中新生訓練，經過書局，進去逛逛就買了。那時，還買了一個修正帶，三十元，一共四十五元。

所以，還有五十五元呢？

天呀！誰來打破這個僵局？我搖搖頭，在便條紙上畫了一個問號，旁邊寫五十五元，就是這樣，有一個不知道是什麼的東西，花了我五十五元。

我正在為我下的結論，感到非常滿意的時候，有個聲響震動了房間的牆面。我環顧了四周，雖然書櫃床頭櫃有些物品書籍擺放得不是很整齊，但我很確定沒有任何東西掉落。

「老哥的房間嗎？今天沒去打工？」我放下那筆呆帳，快步走到老哥的房間，見他房間門沒關，意思地敲了一下門，就溜進去了。

「幹嘛？」老哥手上拿著一大塊的布？毯子？比他的單人床還要大很多，簡直有整面牆的長寬。

「是你在幹嘛吧？超大聲的，拆房子喔？」我伸手摸摸那塊布，「這是什麼東西？」

「吸音棉。」老哥踩上鐵梯，一手將那塊吸音棉靠牆，一手拿釘槍把吸音棉往牆上釘。

「你想到喔？」我幫忙老哥把下方的吸音棉服貼在牆上，「之前老媽說你音樂開太大聲，你只是喔喔喔，還以為你沒聽見。」

「嗯。」老哥應了聲，繼續他手上的事情。

「嗯？」我故意學了老哥一下，他老是愛裝酷，不願多說什麼，「不對，事情沒有這麼簡單，你之前學吉他時，在房間門窗都加裝那個什麼隔音條，現在這麼大費工夫的，嘿嘿嘿……」

老哥的神情還真鎮定，不慌不亂地釘那整面牆的吸音棉。

「你買了電吉他？」我壓低音量說。

「什麼？」

老哥轉頭看我一眼，看來我是猜對了。他自己都沒發現，回答什麼的時候就是我答對的時候，我每次都要很辛苦地憋住嘴角，怕他也知道這個祕密。

「沒事。我幫你，四面牆都要釘上這種吸音棉嗎？」

「嗯。」

「嗯。」我想，原來老哥的錢是花在買電吉他，聽起來還好，不是什麼天大的事情，不過到時候很有可能還是會被老媽念吧！老媽應該會說這麼一大筆錢都沒商量，連討論的餘地都沒有嗎？這麼大一筆錢，不知道會被念多久？

60元

這一個禮拜以來，為了存三十元，我幾乎足不出戶，深怕一個不小心，踏進家門手上不是一杯半糖奶茶，就是一杯微糖紅茶。這我仔細推敲過，二三十元的飲料說不定就是呆帳的元凶。

於是我早上睡到自然醒，通常已經十點多了，吃個老媽準備的麵包或饅頭。這時，看看外面八月份的太陽，柏油路都可以煎蛋了，還是在家裡看著圖書館借回來的書最實在。更何況在家裡，午餐晚餐老媽絕不會讓我餓著，相較之下，跟同學出去逛街吃飯，可是要自費，不能報公帳的。所以，昨天我委婉地推辭掉蘇藝芬的邀約，她摸不著頭緒，還以為我感冒生病，叫我要多休息多喝水。

熬了這幾天，我數著零錢包裡剩下的錢，總共是兩百四十元。沒錯，除了剛剛投進小豬撲滿的三十元，一塊錢也沒少，但我完全沒有興奮的感覺，反倒心裡有種委屈的滋味。

「唉。」我忍不住唉叫了一聲，「兩百四十元，四十元？還是先把下次要存的四十元先拿起來，其他的錢就可以花。」

想到這個妙計真的是太棒了，我順手把零錢包裡的四枚十元硬幣拿出來，一個個疊起來放在小豬撲滿的旁邊。

聽見老媽在客廳叫我跟老哥吃飯的聲音，沉醉在明天又有錢花的喜悅，我踩著輕快的步伐走出房間，卻在空氣中嗅到一股火藥味。

果然，我第一口飯都還沒扒進嘴裡，老媽就出聲了。

「安進，你怎麼又買了吉他？」老媽是個急性子，從來就不會拐彎抹角。

「不一樣，新的那把是電吉他。」

我裝作沒自己的事，趕緊扒下第一口飯，偷瞄老哥一眼，他居然還在魚肉裡挑刺，也太冷靜了吧！

「電吉他？你之前說沒錢跟安妮一起買書，該不會就是拿去買電吉他了吧？」

「嗯，還有找老師上課。」

老哥真強，手上的筷子絲毫沒有停頓，反倒是我替他捏了好幾把冷汗，感覺剛吞下的飯在胃裡打滾，有點消化不良。我甚至不敢在這時候吃魚，一定會被刺噎到。

「上課？那總共是花多少錢？」老媽在意的關鍵字終於說出口了。

「沒多少。」老哥回答著，接著這一問一答開始鬼打牆了。

「沒多少是多少？」

「就沒多少。」

「多少？不會說嗎？」

「就沒多少。」

「一定花了不少。」

最後，老媽自己下結論，因為花不少錢，買了很貴的東西，以至於老哥不敢說出口。其實不然，她不知道老哥在錢這方面也是個狠角色，有次我跟老哥去逛夜市，看到一個招財貓圖樣的零錢包，越看越喜歡，正想掏錢買時，老哥已經在跟老闆殺價了。所以不管老哥花了多少錢，我想他應該已經用最恰當的金額，買到他最想要的東西。

「咳。」老爸突如其來的清喉嚨聲，打斷我的思緒，還害我嗆到一口湯。

我輕輕地咳了兩聲，感覺氣管舒服些。

「學音樂培養興趣又不是什麼壞事。」老爸放下筷子，很鄭重地說，「請老師教彈吉他也是學習過程中必要的花費，沒關係。」

「我知道這些都要花錢，但問題是花多少錢，連多少錢都不能講嗎？」老媽超認真的表情，就像數學老師在課堂上把同學叫起來問問題，一定要問出答案是多少，「安進，到底是花多少錢？」

餐桌上，整個安靜下來，我正夾醃漬的小黃瓜進嘴裡，卡滋卡滋的聲響讓我超尷尬的。

「錢知道花在哪，沒亂花掉就好了。」平時不多話的老爸再多說了兩句，接著拿起筷子繼續吃飯。

老媽見了老爸的舉動也很識相，沒再問下去。

這時，我發現老哥碗裡的飯居然快吃完了，真是太厲害，在這樣的情況下，還可以吃得下，有時候我不免懷疑，重低音的長期刺激下，他會不會早已經重聽或耳聾了？

100元

我終於等到國中新生訓練的這一天，真的有種解脫的感覺。這幾天在家，只要在非吃飯時間，四下無人，老媽就挨過來問我，老哥總共花了多少錢。眼見快開學，老媽原本趕工的學生制服都差不多完成了，所以我總覺得她很悠閒地在堵我，只差沒有動私刑逼問我。

我不知道。我怎麼會知道？我回給老媽的就這兩句話，她卻很有耐性，見我一次問一次。

我把書桌上堆疊的四個銅板投進小豬撲滿，準備上學去，踏出家門口的瞬間，心裡著實鬆了一口氣。還好，繼續待在家裡，可能會被問到腦神經衰弱，況且冤枉的是，我根本就不知道老哥是花多少錢。

到了學校，在老師跟學長姊的指引下，我到了一年三班的教室，一眼就看出來，角落的位置上是蘇藝芬。

「蘇藝芬。」我叫喊她，許多不認識的同學都抬頭看我，害我不好意思地快步走到蘇藝芬面前。

「妳叫那麼大聲是怎樣？」蘇藝芬眼睛瞪了我一下，嘴角卻是在偷笑，「我們又同班了。」

「對呀！叫這麼大聲就開心嘛。」我怕位置被別人占走似的，將書包放在蘇藝芬前面的座位，並連忙坐下。

上課鐘響，一個身材瘦小，眼睛炯炯有神，紮著馬尾，身穿襯衫及牛

仔褲的女老師走進教室來。

「我是林曉詩。」女老師在黑板上寫下自己的名字，「是你們未來三年的導師，教國文。國文是大科目，之後有很長的相處時間，大家不管是課業上有任何疑問，或者生活上有任何問題，上課可以問我，下課也可以到導師辦公室找我，有沒有問題？」

「沒有。」我習慣性回答著，卻發現連蘇藝芬都沒有附和。整個人超想找洞鑽的，在家裡，老媽問，如果不答，就等著被念，日積月累，就養成這種有問必答的反射性回應。

「這位同學很好。大家以後要回答，這樣老師才知道你們懂不懂，有沒有聽進去。」林曉詩導師停頓了一下，「因為新生訓練這三天沒有營養午餐，要訂便當，所以在選幹部前，先選出總務股長，等一下下課就先繳錢訂便當。」

導師不說話，整個教室也沒聲音。

「同學，先來自我介紹吧！從窗邊第一排第一個先開始吧！」

導師說完，教室的氛圍突然改變，感覺空氣濕度增加了。我的手掌裡有些汗，周圍同學的呼吸聲也加重許多。

「各位同學大家好，我叫戴襄玉，國小市長獎畢業，我不是這個學區，但我媽說這間國中升學率比較高，所以就過來了。」戴襄玉推了推眼鏡，「我的興趣是看書聽音樂，也會彈鋼琴畫畫，像油畫、水彩畫，我都有學過……」

升學率比較高？我怎麼不知道有這種八卦？不管啦！等等我要講什麼，我也是坐在第一排，雖然是倒數第二個位置，但再三個就輪到我了。那個戴襄玉居然還在講哩，怎麼有這麼多話可以講？

「給戴同學鼓掌一下。」導師適時出聲要大家拍手，但感覺那個戴襄玉還沒講夠，「下一個。」

「大家好，我叫……」

我已經沒有心情聽下一個同學叫什麼名字，我怕我等一下連我叫什麼名字都講不出口，除了我的名字，我還要講什麼？跟那個戴襄玉一樣，畢業成績跟興趣嗎？還是才藝？我又不是我老哥會彈吉他。

「安妮。」蘇藝芬在我後座，踢了我的椅子。

「怎樣啦？」我轉頭白了蘇藝芬一眼。

「換妳了。」

蘇藝芬很冷靜地回答我，然後我發現全班都在看我了，我趕快起來立正站好。

「老師，各位同學大家好，我叫邱安妮，我……」我吞了吞口水，發現手腳在抖，「我……大家可以叫我安妮，謝謝。」

「自我介紹，不用那麼緊張，想到什麼就講什麼，下一個。」導師多說些話，稍微緩和一下氣氛。

「大家好，我叫蘇藝芬，名字很好記，就是考試成績輸一分，我家有三姊妹，還有玲芬跟珊芬。我就問我爸媽怎麼取這個名字，我爸說我是老大，當然是選一的諧音，生二妹時，想說糟糕，我的名字念起來真是輸一分，所以二妹要輸零分，就是沒有輸，到了三妹，爸媽就不想了，就三的諧音……」蘇藝芬一講話，剛剛緊張的氣氛消失許多，這也難怪蘇藝芬國小就代表我們班參加好多次演講比賽，而且她的演講完全不會枯燥乏味，真希望我也有她一半會講話。我總是跟老媽抱怨，蘇藝芬有兩個妹妹真好，每天在家打屁聊八卦都不會無聊，老媽叫我去找老哥聊，真是考倒我了，老哥不愛說話，說沒兩句就要開音樂。

「妳爸爸媽媽還真可愛。」連導師都笑了，還任由蘇藝芬繼續講，讓她有機會在下一秒也把我賣了。

「國小時，我多了一個好朋友安妮，然後她變成我家的四姊妹。」蘇藝芬開始連我都扯進去，「重點是，各位女同學，安妮她哥超帥的，所以妳們一定要跟安妮做好朋友。」

「什麼啦！」我轉過頭抗議，「原來妳是有目的……」

頓時，全班都笑翻了。

「謝謝蘇藝芬同學的重點提示，來，下一個，換第二排。」導師看得出來憋著笑。

多虧了蘇藝芬炒熱氣氛，之後的同學自我介紹都很溜，想想就好像我講的最結巴，整個就是掉漆。

下課前五分鐘，選總務股長，我居然當選了，而且我發現全班女同學都投票給我，我真的要暈倒了，我連小豬撲滿都管不了了，還要管全班的

錢。

「不用緊張。」下課後，導師走到我身邊，給我幾張紙條，上面滿滿班級同學的姓名座號，「等一下就收便當錢，然後統計人數。以後要是收班費或講義費，當天收的，回家前拿給老師保管就可以了。」

「喔。」我應了聲，我座位旁已經有十幾個同學在排隊等登記了，感覺好像是電影院窗口賣票的服務人員，不知道他們有沒有像我現在這樣緊張，或許久了就不會了。

150元

還好又到老媽發放零用錢的時刻，一拿到錢，我就先餵小豬撲滿一個五十元硬幣。錢投進後，想想不妙，如果按照那個階梯式存錢，那我這個月的零用錢不就少得可憐，而且開學後常會有些難以預測的狀況，像是原子筆沒水，或是要別種顏色畫重點的螢光筆，總不能到時候把錢再從小豬撲滿挖出來吧？這樣可不行。

「總務，五元。」陳家寶站在我座位旁，把五元放在我桌上，就走掉了。

「啥？」我回過神，嚇了一跳，才想起，開學後，導師為了處罰並改善同學遲到的習慣，所以要是被風紀股長登記遲到的同學，就必須到我這邊繳交五元罰款，然後我再到黑板把遲到同學的座號擦掉。

這個陳家寶一連繳了三天的罰款，五元對他來說，好像沒什麼大不了。他不知道算起來已經累積十五元了嗎？如果每天都遲到，一週就要繳給我二十五元，一個月若有四週，少說也要一百元。但我比較好奇的是，聽說他家就是學校隔壁的超商，路口轉角而已，超近的，居然還會遲到，太詭異了。

「五元對超商小開來說，根本就是鳳毛麟角。」蘇藝芬說著，還比出小拇指，「一顆茶葉蛋都比五元貴了。」

「妳也太誇張了吧！」我推了蘇藝芬一把，「別開人家玩笑。」

「欸，妳說哥去學電吉他喔？」蘇藝芬問。

「哥？我哥吧？哥什麼哥，妳韓劇看太多喔。」

「哥就哥，歐巴呀！這年頭誰不看韓劇？」蘇藝芬嘟著嘴抗議，「哥去哪裡學？妳知道嗎？」

「不知道，我哥沒講，這次超神祕的。這樣算起來，他也學一個多月了，開學後不知道還有沒有去學。」

「厚～妳很不關心哥呢。」

「是這樣嗎？」我想可能最近在存錢上簡直傷透腦筋，好像沒放什麼心思在老哥身上。開學後，就早晚餐時間會遇到，其他就上學時間，還有晚上睡覺時間，完全沒交集。

這時從前面的座位傳來許多女同學的驚呼聲。

「什麼大事？」我抬頭看，發現她們圍在那個戴襄玉座位旁邊。

「誰？」

「戴襄玉。」我說著，發現五元還沒收進我放班級罰款的束口袋，像是在桌上瞪著我，嚇我一跳。

「妳很強，開學不到一週，全班名字都快記起來了。」

「如果妳身兼我這個重責大任的總務股長，妳也可以，新生訓練三天，每天訂便當，開學這幾天講義費、班費、營養午餐費，我總共來來回回讀了十幾次姓名座號。」我拿起導師後來又交給我的姓名座號紙條，這一疊少說也有十張，「一號，就剛剛那個便利商店小開陳家寶，二號，張家柱，坐第三排第四個，三號……」

「好好，我懂我懂。不管妳啦，妳顧好大家的錢，我去湊熱鬧一下。」

我低頭檢查束口袋的繩子有無拉緊，再抬頭時，蘇藝芬已經擠在那群女同學中。

奇怪，國小時對總務股長這職位沒什麼印象，這職位壓力怎麼這麼大？我收了大家的錢，整個人好像活動式的保險箱，如果只是些小罰款，等到放學回家再交給導師，要是有收大筆金額或是體育課也可以先交給導師。但不管錢多少，每次想上廁所，還要叫蘇藝芬來我座位坐鎮，蘇藝芬笑我窮緊張，又不是沒見過什麼大世面，扭扭捏捏搞得跟小媳婦一樣。

現在放學後，走出校門的這段時間，是我在學校最輕鬆的時刻。

蘇藝芬從口袋拿出一個粉紅色糖果髮圈給我。

「給我？」我疑惑地看著蘇藝芬，沒有伸手接過那個髮圈。

「就那個戴襄玉大放送的，她說家裡很多，用不到，妳看看，這上面還有水鑽的，超高貴的。」

「學校又不能綁這麼花俏的。」本來不感興趣，聽到原因，更不想拿，「身為班上的公職，總務股長，我不能收受賄賂。」

「妳神經病喔！幫妳拿了一個，不要拉倒，拿回家給玲芬她們。」蘇藝芬收起髮圈，「想也知道妳不會拿，客氣到誇張，從小就這樣，不認識妳的人，還以為妳很驕傲。」

「什麼啦？」我聽得糊塗，蘇藝芬沒由來地念起我來。

「記得第一次妳來我家寫功課，我媽叫妳吃餅乾，妳根本就沒吃，結果都被我妹妹吃光，叫妳喝飲料，妳也沒動，只會說謝謝，幫妳插吸管，也沒喝一口。」

「因為我出門前，我媽有交代要有禮貌，不可以隨便吃人家的東西。」

「知道啦！就客氣到誇張。」

有這麼誇張嗎？我忍不住在心裡問自己，就不好意思嘛！而且那時剛認識，沒理由去人家家裡，搞得一副很熟的樣子。這樣要是被我老媽知道，下場肯定很精彩。

160 元

這星期好像還沒餵小豬撲滿，它肚子裡面的硬幣雖然不多，但已經無法一眼看出多少錢，不過還好我有偷偷記錄著。我掏了零錢包，有兩個五元硬幣，還有三張百元鈔票。

「對不起，這個月還有點漫長。」我內心掙扎了一下，有點愧疚地將兩個五元硬幣投進小豬撲滿，「月底有剩，再餵你多一點。」

我不再堅持那個什麼階梯式存錢，不然我整天都會被錢綁死了。開學後，在學校當總務股長要顧好全班的錢，回家還要想怎麼存下自己的任何一毛錢，錢錢錢……它們就像老哥聽的重音樂不停地在我腦中彈跳碰撞。

「總務，英文講義兩百。」蘇藝芬放了兩百元在我桌上，「妳在發什麼呆？」

「沒有呀！」我拿出班上的座號姓名紙條，在蘇藝芬的座號上打勾。

「下下節體育課，要不要叫有帶錢的同學趕快來繳錢？體育課前就可以先交給導師保管。」

「也對。」雖然做了快一個月的總務，但是叫大家來繳錢，還是讓我很不習慣，每次喊完，總覺得耳根子發燙。

一陣忙亂後，我算了一下，總共十個同學交錢，所以要有兩千元。

「一千元。」我拿起一張一千元的鈔票，還有一疊一百元的，

「一二三四五六七八九，九？」

上課鐘聲響起，害我嚇了一跳，手上的鈔票差點散落在桌上。

「一二三四五六七八九。」我好像懂了什麼叫背脊一陣涼意，現在就有這種感覺，明明是九月底還大熱天，連手心都是冰涼的，「怎麼會是九張？這不就少一百元嗎？怎麼會少收？」

接著，英文老師進來，我拿出課本，但是我的腦子還在那題解不開的簡單數學題。

十個同學，每個人繳兩百元，總共是多少？

怎麼會是我手上的一千九百元？

一百元什麼時候消失的？應該是要兩千元。

下課鐘聲響起，我發現我在發抖，我的答案還是一千九百元，座位附近沒有掉落的一百元，抽屜也沒有。

「喂！」蘇藝芬推了我一下，「妳臉色很差，還好吧？」

「不好，少了一百元。」

「真的假的？」蘇藝芬原本堆滿笑容的臉瞬間瓦解掉。

「我的樣子像在開玩笑嗎？」

「不可能呀？一人兩百怎麼會少收？錢拿出來，我幫妳算。」

我把手上那疊一百元的鈔票給了蘇藝芬，另外從抽屜的夾鏈袋拿出一張一千。

「一二三四五六七八九，九百。」蘇藝芬瞄了一眼桌上的一千元，「一千九。」

「嗯，少一百。」我超沮喪的，原本還想說會不會像鬼打牆一樣，蘇藝芬接過手後，就變成十張一百元的，結果還是一樣，九百元。

「等等，誰拿一千元的給妳找？還有，大家都兩百元付嗎？」

「大家都拿剛好的兩百元給我，拿一千元給我找的是……」我腦袋趕緊倒轉一下收錢的畫面，「陳家寶，只有他拿張大鈔給我找。」

「妳找他多少？」

「當然就八百元呀！一千減兩百，八百呀。」我很肯定地回答，但回答完，開始有點心虛，難道魔鬼藏在這細節裡嗎？

「八張一百？妳有重複算過嗎？」

「八張一百沒錯，但當時有點混亂，我很快算了一次就找錢給他。」

糟糕！我該不會多找給陳家寶一百元吧？

「陳家寶。」蘇藝芬叫住正要從教室走出去的陳家寶。

「幹嘛？」陳家寶走過來，「什麼事嗎？」

「安妮有多找錢給你嗎？」

蘇藝芬也太直接了吧！我都還沒準備好怎麼開口？

「好像有耶。」陳家寶從口袋裡掏出那疊一百元的紙鈔，「一二三四五六七八九，找我九百元。」

「你怎麼不說？」蘇藝芬伸出右手，「拿來，做人要誠實。」

「總務又沒問我。」陳家寶抽出一張一百元的紙鈔放在我桌上，「下次小心點，當面點清，離櫃恕不負責。」

「謝謝。」我鬆了一口氣，總務這職務真的好可怕，趕緊將手上的錢再點數一次，是兩千元，沒錯。

「陳小開，你家也是開門做生意的，要是今天找錯錢給客人，客人都沒表示，等到晚上結帳時怎麼辦？」

蘇藝芬開始她在家做慣大姊的精神，這講下去不得了，我得先把收來的錢繳給導師。

「怎麼辦？」陳家寶認真想了一下，「這是工讀生的事，我爸通常會扣他薪水。」

我走出教室，聽到陳家寶的答案，不用看也知道，現在，蘇藝芬應該超想巴他頭的。不過想想也是，如果剛剛陳家寶不承認，這一百元是我要認賠的，沒有多餘的理由，因為我是收錢的總務股長，而事發當下，確實是我的疏失。想著，我握拳的手心不只感覺無溫度，還有點潮濕。

180 元

下課鐘聲響起，我從抽屜拿出小零錢包，早上又餵了小豬二十元，好像還有幾個十元硬幣，等一下找蘇藝芬到福利社買涼的飲料。

不過，林導好像沒有想要下課的意願，她蓋上國文課本，轉身走到黑板旁，兩眼直盯著遲到被登記的號碼，眉頭稍微皺了一下，全班沒人發出聲音，等候著導師要說什麼。

「遲到的，好像都是這幾個。」林導講話語氣溫和，但字字兼具十足殺傷力，感覺說到「這幾個」時，有加重音。

我忍不住偷瞄一下陳家寶，這個資助班費的大功臣，他坐得直挺，連呼吸都不敢太大力。

「罰款改十元，下課。」林導說完，拿起課本走出教室。

「林導很生氣嗎？」蘇藝芬問我。

「應該吧！我昨天將收到的罰款拿給她，她就問我怎麼還有人遲到。嚇了我一跳，我怎麼知道，就是有人遲到。」我也很傷腦筋，「不過聽說如果遲到，在校門口被登記到，好像會影響班級評分。」

「沒錯。」陳家寶不知何時站在我身後，丟了五塊錢在我桌上，「幫我擦掉。」

「陳小開，漲價了，現在十元。」蘇藝芬白了陳家寶一眼。

「漲價是明天，下次的事，今早上遲到登記時，有說漲價嗎？漲價也要預先公告，不然只能賣原價，懂不懂？」陳家寶真的很像生意人，在這點上起爭執，蘇藝芬顯得有些吃力。

「你……你要嘛不要遲到。」蘇藝芬氣呼呼，嘟著嘴。

「幫我擦掉。」陳家寶見我沒反應，又盧我一次，「就這次，幫我擦掉。」

「好啦，明天遲到就十元喔。」我收了五元，走到黑板前去擦掉陳家寶的一號，他真的很白爛，一號超明顯的，還不自愛。

「安妮，我們福利社買東西。」蘇藝芬先提議。

「好呀。」我連忙附和，「我要喝涼的。」

我跟蘇藝芬到福利社拿了飲料，準備付錢時，蘇藝芬慘叫一聲。

「怎麼了？踩到妳的腳嗎？」我趕緊低頭看自己的腳，因為下課時間，福利社有點擠，有次我跟蘇藝芬挨太近，就踩過她腳上的小拇趾。

「被陳小開氣到忘了帶錢包啦！」蘇藝芬轉身要把飲料放回去。

「我先幫妳墊，等下回教室再還我吧。」

「不行啦！妳有說過，妳老媽說不可以借錢給別人，連親兄妹間都不行。」蘇藝芬提到老媽，害得我冷汗快滴下來。

「可是……，回教室妳不就還我了嗎？」要是只有我買到飲料，這樣我會不好意思喝，「還是，妳要我請妳。」

「沒有啦！好啦！妳先墊，我等一下就還妳。」蘇藝芬妥協了，我知道她也是個很客氣的人，不會占我便宜。

「不過，不要讓我媽知道喔。」我突然想到借錢對老媽而言，是個大忌，蘇藝芬可別到我家玩時說溜嘴，不然我就死定了。

我們排隊結帳，前面剛好是班上戴襄玉那群女生。她們嘰嘰喳喳地聊天，結帳台上一堆零食，戴襄玉正拿出錢包。

「看樣子，今天她又要請客了。」蘇藝芬在我耳邊小小聲碎碎念，「聽說從開學到現在，好幾次了。」

「少三十。」戴襄玉轉過頭，張望著整個福利社，最後視線停留在我身上，「總務股長，借我三十元。」

「啥？」我楞了一下，跟我借錢？

「不是妳要請客嗎？怎麼跟安妮借錢？就少買一兩包餅乾就好了。」蘇藝芬擋在我前面。

「為什麼是我要少買一兩包？三十元對總務股長來說，又不會少一塊肉。」戴襄玉向前跨出一步並且還扠腰，整個人很像阿嬤看的八點檔，裡面那種氣勢凌人的女強人準備劈里啪啦地講話。

「班費是大家的錢，是妳說借就借的嗎？更何況，安妮要借妳也是拿自己的錢。」

福利社
100%
POTATO
Sweet
Janhsuans
Good

「等一下我就會還妳了，才三十元，不能借嗎？」戴襄玉推開蘇藝芬，站在我面前。

我覺得四周好像有點安靜，一度懷疑這是吵雜的福利社嗎？

「這個……」我從零錢包掏出三十元，借給戴襄玉。

「安妮。」蘇藝芬不甘願地看著我。

「沒關係啦！反正等一下她回班上就還我了，大家還等著結帳。」

蘇藝芬從我手上拿走飲料，掉頭往福利社裡面走。

「蘇藝芬，妳幹嘛？」

「不想喝了。」

可是我想喝，正想再喊蘇藝芬，叫她等一下，但就在這時候，外面傳來上課鐘聲響。唉！算了，回教室喝白開水就好。

200元

因為再兩週就要月考了，等一下，蘇藝芬要來我家讀書，我必須整理一下房間，免得被她嫌棄，她管家裡兩個妹妹可是很嚴格的。書桌除了星期一要小考的課本跟講義外，其他都還滿整齊。

檢查書桌的同時，小豬撲滿的兩顆眼睛在看我，也對，我拿了床頭的零錢包。零錢包拿在手上，超扁的，超輕的，我突然有點害怕打開，月底了，沒注意到還剩多少，稍微搖一下，好像還有硬幣。拉開零錢包拉鍊，倒出裡面所有的硬幣。

十元一個，五元一個，一元，一二三四五，總共二十元。居然剩下二十元，我把這些硬幣都給了小豬撲滿，接著月考這幾天，應該沒有要花什麼錢。

奇怪，錢又花到哪裡了？除了戴襄玉欠我的錢沒還，那也才三十元。記得零錢包內，上星期好像還有百元鈔，怎麼一下子又不見了？唉呀！

我絞盡腦汁努力回想時，突然聽到樓下陀陀高音地哼叫了一聲，應該蘇藝芬來了。

我打開房門，看陀陀搖著尾巴陪蘇藝芬走上樓。陀陀跳躍地超前幾步，又快步回到蘇藝芬的身旁，逗得她哈哈大笑。

「陀陀乖，今天來念書的，改天再帶零食給你吃。」蘇藝芬摸著陀陀的頭。

「妳都賄賂牠。」

「哪有？」蘇藝芬跟著我進到房間，陀陀識相地走下樓，「妳國文念到哪了？在家裡根本沒辦法念書，一下子玲芬叫我教她數學，等一下又換珊芬要我教她國語，這兩個小學生都不懂體諒我，我也要考試。哥呢？不在家？」

「啥？」我突然反應不過來，這傢伙怎麼還在抱怨妹妹的同時，又問起我哥。

「安進哥呢？怎麼好像不在家？」

「他差不多也要月考了，就去學校自修啦！」我到書桌上拿了國文課本，坐在地上的巧拼，準備努力用功。

「是喔。」蘇藝芬很熟悉地將背包放在我書桌前的椅子上，「安妮，妳桌上怎麼多一隻小豬？妳在存錢嗎？」

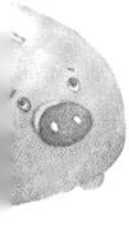

「對呀！想買點書。」

「存多久了？怎麼好像不多？」蘇藝芬拿起小豬撲滿，仔細看了十幾秒，「妳這…有兩百嗎？」

「嘿嘿。」我放下國文課本，笑著說，「今天剛好兩百。」

「還敢笑，存多久才兩百？」蘇藝芬板起臉，又把我當她妹妹管。

「就從暑假開始。」我慚愧地再度拿起國文課本，遮著臉，小聲地說，「存錢不容易呀！」

「還敢說，那天還借那個林黛玉三十元。」

「噓，小聲點，別被我媽聽到。」我差點跳起來摀住蘇藝芬的嘴，「被我媽知道，我就死定了。不過，什麼林黛玉？是戴襄玉吧？」

「隨便，那個戴黛玉真的很過分，花錢請客幹嘛還跟妳借錢，還當著那麼多人面前，讓妳這臉皮薄的為難，真的很奇怪。」

「戴黛玉？妳怎麼又給人家改名字？」

「沒差啦！」蘇藝芬拿了國文課本，坐到我身邊，壓低音量，「欸，現在說起來，她有還妳錢嗎？我怎麼沒什麼印象？」

「妳今天來，不是要讀書的嗎？」

「她沒有還！對不對？」蘇藝芬像看見蟑螂一樣大叫。

「小聲點啦！就……可能忘記了吧！」我趕緊拉著蘇藝芬衣角，我家隔音不好，萬一這些關鍵字被樓下的老媽聽到，一定沒完沒了。

「戴黛玉真的很過分，當初借錢時，一副三十元沒什麼，到教室馬上就還，結果都幾天了？」

「唉呦，就先考試，改天再跟她說，妳別氣了，還有別再說出去。」我安撫著蘇藝芬，奇怪明明被欠錢的是我，她怎麼比我還激動。

「妳還不好意思，她才要慚愧勒，超臭屁的有錢人。」蘇藝芬嘟著嘴，

整個臉鐵青，超不爽的。

我拿起國文課本猛讀猛背，完全不敢多看蘇藝芬一眼，感覺我再多說一句窩囊話，就會被她過肩摔，突然好希望老哥可以早點回家，可以緩和一下這緊張的氣氛。

500 元

看著小豬撲滿裡面的三百元大鈔，我不禁哼起歌，這都得感謝老爸提議要回鄉下的阿公家。本來想說這樣一個週末，又要耗在看稻田或菜園，沒有網路，沒有有線電視台，加上老哥要打工不回去，我簡直快瘋了。

下車前，老媽再三叮嚀我要禮貌，要跟阿公阿嬤問好。拜託，我都幾歲人了，這些我都懂。

我擠著微笑跟前來迎接的阿公問好。老母狗，就陀陀牠媽，像老家的主人一樣，慢慢地跟著阿公走向我。

「考完了喔？」阿公接近我時，把手中剩餘的菸往三合院廣場的角落丟。

「對呀。」我緊張地跑到角落去踩熄菸蒂，阿公也太隨性了吧。

「無要緊啦！」阿公看我一副窮緊張的樣子，笑著揮揮手，「國中呀！考了按那？」

「啊就……」我考得怎樣？才剛考完，成績也還沒出來，怎麼回答？

「真好，真好。」阿公從口袋掏出錢，數了五張一百的，「來，獎金。」

「啥？」我嚇了一跳，阿公也太豪爽了吧！我都還沒回答考得怎樣，就有獎金可以領。

「阿爸，毋通啦！」老媽提著行李走過來，在我面前婉拒了阿公。

「無要緊啦！」阿公將五百塞到我手上，再從口袋拿出另一疊百元，

又數了五張，「這五百給恁哥哥，知無？」

「喔。」我一手拿著自己的五百元，一手又接過老哥的五百元，阿公真是大手筆，簡直讓我傻眼。

「跟阿公說謝謝。」老媽走遠，聽不到我的回應，出聲念了我一下。

「阿公謝謝。」我急忙說，阿公笑著，還是回答無要緊。

一，二，三，四，五，五百元。我看著它們，一張張地數著，覺得沒網路沒有線電視，好像也不是那麼重要，反倒有種不虛此行的感覺。

我留下兩百元，三百元給小豬撲滿，會不會太小氣了？我質問自己，畢竟我每個月已經有零用錢，阿公給的獎金算是多出來的。但如果給小豬撲滿太多，到時月底，零用錢又差不多也見底了，那我沒變成窮鬼，也變成吝嗇鬼。

我將三張一百元的紙鈔塞進小豬撲滿，手抽回來的一瞬間，有點後悔

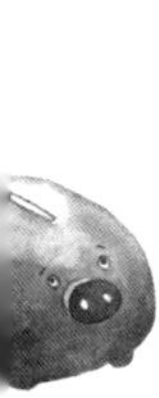

給多了。或許應該為下個月多留一百，也可以等確定不會花費到，再給小豬撲滿。唉呀！怎麼有錢也是件煩惱的事？這五百元讓我休假的這兩天，想破頭了，一下要存兩百，上趟廁所回來又覺得應該存三百，睡前覺得不妙，還是存兩百好，搞得我睡沒睡好，吃沒吃飽。算了，反正還多賺了兩百元，該滿足了，而且小豬撲滿進帳這麼多，也值得高興。

對了，差點忘了，還有阿公要給老哥的五百元。

我敲了老哥的房門，不知道過了幾分鐘都沒有回應。真奇怪，老哥不在房間？瞄了一眼樓梯轉角的廁所，沒開燈沒人用。還是，老哥房間的音樂太大聲了嗎？

我握著老哥房間門的把手，試圖轉開一點點，門縫也才不到一公分，喇叭的重低音撞進我的耳裡，我好像待在演唱會的搖滾區，嚇得我趕緊關上門，快步退回自己的房間。

老哥的房間也太震撼了吧！可見他那些吸音棉不是貼假的，不然這樣的音量，老媽早就殺上來了。唉，我嘆了口氣，拿出手機，傳訊給老哥，說阿公有給他五百元獎金，明天早餐拿給他，如果我忘記了，請他記得提醒我一下。

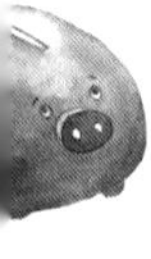

550 元

我十月份的零用錢，因為剛好遇到考試，幾乎沒有花到，加上阿公給我的獎金還有剩，我連想都沒想，就先給小豬撲滿五十元。

看著手上六張百元大鈔，將它們安穩收進零錢包裡，我的心早已飛到附近的飲料店，還有遠一點的書局，或者電影院去瞎晃了。

我要一杯波霸奶茶，半糖微冰。

挑選兩三枝好寫的原子筆。

至於，這個月的暢銷書排行榜，哪本好看呢？

「喂！」

蘇藝芬的聲音？我的奶茶跟原子筆呢？

「喂！才第一節下課，妳發什麼呆？」果然是蘇藝芬打斷我的美夢。

「我哪有在發呆？我在想事情，規畫行程。」我偷偷伸手進書包摸了一下鼓鼓的零錢包，雖然不應該帶那麼多錢到學校，但有種開心跟安心的感覺。更何況身為一個總務股長，對這種身負鉅款的壓力，我已經比較泰然處之了。

「規畫行程？哪方面？讀書性質的？還是娛樂性質的？」蘇藝芬露出小賊貓的笑容。

「就放學後，我們逛書局。」

蘇藝芬正要回答我時，教室另一頭發出驚呼連連的讚嘆聲。

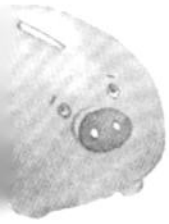

我心中暗叫糟糕，眼前的蘇藝芬絕對會在五秒內被吸引過去。五，四，三，可惡，這打斷我作白日夢的小賊貓竟然沒給我答覆，就這樣併著兩三步滑了過去。

同學聚集的地方，是陳家寶的座位，蘇藝芬叫他超商小開，又號遲到大王。一定又是在展示什麼超商好康的贈品，簡直是置入性行銷，又不用繳廣告費。

「安妮，這次KIKI貓的碗，好可愛喔。」

果然，蘇藝芬開始幫忙宣傳了，然後，女同學的早餐都找陳小開買單了，更勤勞一點，放學後的下午茶也不放過。陳小開真是個超強的生意人，還好，我對於那些集點的東西沒什麼耐性，有時候收集到第三點時就放棄，點數直接轉手給蘇藝芬了。

「有什麼了不起，超商小開。」高八度的海豚音從教室後門竄出，來了，那種台語八點檔熟悉的音調，不用轉頭，就知道是戴襄玉出場了。「搞什麼集點，搞到大家人手一套，拜託，限量的才是王道。」

戴襄玉走回自己的位置，連朝那群同學看一眼都沒有。

「限量！妳現在穿的制服就限量嗎？」陳小開扮了鬼臉，「沒限量，難怪妳不怎麼顯眼。」

「你講話很沒品。」戴襄玉氣呼呼，扁著嘴，手插腰。

「啊妳講話就有品喔？」陳小開學著戴襄玉的音調跟姿勢，周圍的同學都笑翻了。

「陳小開，你還有這樣專長喔？」蘇藝芬笑到一副眼淚都快流下來的樣子，她要是在我身邊，我一定偷偷戳她，要她收斂一點。

「哼，不跟你計較。」戴襄玉翻了白眼，坐回位置，拿出一個鑲著閃亮亮水鑽的髮夾，往頭上夾，「你們看，這才是潮流。」

「我還寒流勒。」陳小開又回了一句，接著若無其事地繼續展示桌上那些加購品，要大家注意換購時間，「而且，重點是，還有隱藏版的喔。」

上課鐘聲響起，這一局，陳小開贏了，他身邊的人數沒有少，連戴襄玉那幾個要好的姊妹淘都在那裡。

最近，這兩個人真是越來越誇張，好像巴不得將家產都搬出來。不過每次看到戴襄玉，我就想起被她借走的那三十元，但不知為什麼，總覺得時機不對，開不了口。像是在福利社遇到，她身邊還跟著那群姊妹淘，萬一我叫她還錢，她會不會覺得我太不給面子。還有她會不會在我要她還錢的那天，剛好沒帶錢。還是就像現在，她剛好在跟陳小開抬槓，我叫她還錢，會不會太不識相。還有……。

「哪有那麼多還有？」蘇藝芬放下手中的原子筆瞪著我，「妳就直接跟她說，還我三十元。」

「可是……」我拿起一枝原子筆，試著在一旁的便條紙畫圈，看看會不會斷水。

「又哪裡這麼多可是？」蘇藝芬握緊拳頭，「還是要我幫妳講。」

「不用不用。」我連忙揮手，「這種事，還是當事人自己來就好。」

「妳也曉得自己是當事人喔？妳該不會想認賠吧？」

「沒有啦！我在存錢哩，怎麼可能認賠？」我連忙澄清，但想到要開口，又是一陣頭痛。到底什麼時候是開口的時間點？

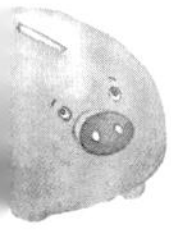

600 元

我突然發現我手上的錢又莫名其妙地流逝，難怪老媽總說什麼人兩腳，錢四腳。為了預防萬一，我先餵小豬撲滿五十元。

吃早餐時，我在想，一個星期前，我跟蘇藝芬逛了書店後，我剩多少錢？

三枝原子筆三十六元。那時候零錢包還是鼓鼓的，讓人心安。

走進校門口時，我還想，之後我好像喝了兩次波霸奶茶，一杯五十，兩杯一百元。哇，一百元哩，現在想起來有點心疼。

第一節課前的打掃時間，我走向外掃區，又想起，上週日，我跟蘇家三姊妹去逛夜市。一件T恤一百五十元，蘇藝芬殺價成功，四件T恤五百元，所以我一件是一百二十五元。

之前的六百元扣掉這些，趁著我們導師還沒來上課前，我用鉛筆在國語課本的一角，作了數學的直式運算，也還剩三百三十九。我早上又給了小豬撲滿五十元，應該還會有二百八十九元。

錯，我早上錢給小豬後，稍微看了一下，是一百六十幾元，所以加加減減後，我消失的一百二十幾元呢？

天呀！怎麼又有呆帳！我的腦袋一定爆青筋了，但是怎麼想都想不出來，錢到底花在哪裡？

問蘇藝芬。這點子好像不錯，每天的作息中，就她跟我接近，上學下

課，放學溜達，所有可以花錢的時間點，她的在場證明簡直無懈可擊，問她準沒錯，更何況，連假日……。

「……這是轉學生王子謙。」

不知何時，導師林曉詩已經站在講台前，嚇了我一跳，身邊還有一個高高瘦瘦，還穿著便服的男同學。

「總務股長。」林導把眼神停留在我身上，我趕緊舉手一下，「等一下下課，請總務股長帶你去福利社買制服跟運動服，還有繳交午餐費，你先坐第三排最後一個位置。」

總務股長！又是我的工作，我的工作量還真不少，等等，那我的呆帳怎麼辦？我看著那些亂七八糟的直式運算，有點洩氣，拿起橡皮擦，擦掉算式。下個月，下個月來好好記帳吧！

下課鐘聲響起，我轉頭小聲問蘇藝芬，要不要跟我帶新同學去福利

社。蘇藝芬小聲回答我，不要，因為不帥，因為髒髒的。

什麼跟什麼，叫我跟一個陌生人一起去福利社多尷尬，陪我一下是會怎樣。我走過蘇藝芬身邊，偷偷戳她一下。

「我是總務股長，我叫邱安妮，你可以叫我安妮。」我的自我介紹多了職位四個字，這樣算進步嗎？我看著轉學生，明白蘇藝芬剛說的，髒髒的。也不算髒髒的，他感覺很舊，尤其是在這國一上學期，大家都穿上新制服時，他的衣服褪色許多，黑色不像黑色，摻雜一層白霧，肩膀處的縫線有幾條線頭像綠豆發芽。牛仔褲的破洞很真實，不是那種很潮且刻意的設計，而且整體是水洗很多次的淡藍色。

「去福利社？」

轉學生王子謙的聲音嚴肅中有點沙啞，我停止打量他，馬上應聲說是。

當我們走出教室，繞過轉角後，他停下腳步。

「怎麼了嗎？」我不喜歡一件事中途擱置，這樣一定是有狀況，就像我無法清算的呆帳。

「我沒錢。」

「喔，那明天……」我本想說明天再去買，但是他說的是沒錢，而不是沒帶錢，這……是我多想了嗎？

「不用了。」

「那午餐費？」我不知道該不該再問，可是因為總務股長的職責，我不問，林導也會問我。

「我不吃午餐。」王子謙轉身要走回教室。

「等等，為什麼？」我支支吾吾疑惑，現在是怎樣，同學一個比一個難喬，叫我這個總務股長怎麼當？

「什麼為什麼？」

「難道你有制服了？還是你要自己帶便當？你吃素嗎？」

他沒有回答我，就這樣走回教室，我有點生氣。到底是什麼原因，我怎麼跟林導交代。

沒錢？沒帶錢？

後來林導沒問，我也沒說。

轉學生王子謙在午餐時間會消失，沒有其他同學發現，就連八卦指數爆表的蘇藝芬都沒察覺。但是兩三天來，他還是穿著便服，沒同學問他，因為那些同學全都一臉黑人問號轉向我，當然我也是還他們一臉黑人問號。

第四天，我的忍受度到達極限了，我知道答案就是沒錢，王子謙的第一句話就是結論。因為沒錢，不買新制服，不吃午餐，這兩者都得到合理的解釋。

放學後，遠遠地，我看見在巷子口的麵攤裡，好像轉學生王子謙的身影。

我楞了幾秒，蘇藝芬推了我一下，問我什麼事。我趕緊撇過頭，說沒事並跟蘇藝芬再見，她家的方向需要轉彎了。

我繼續往前走，來到麵店前，從小吃到大，老闆家有幾個成員我很清楚，就連後面防火巷養了一隻吉娃娃，我都知道。所以很明顯，王子謙在麵店打工。

620 元

我給了小豬撲滿兩個十元硬幣，我只是想聽一下硬幣彼此撞擊的清脆聲音，就像在媽祖廟把硬幣投到池中大鐘上，那個令人安心，覺得會心想事成的聲音。現在的我，非常需要那個聲音。

我扛起一大包黑色塑膠袋，還好重量跟體積不成比例。

我走到巷子口的麵店，老闆笑瞇瞇地問我要吃什麼。我說我要找王子謙。

「什麼事？」王子謙臉臭得跟水溝有得比，好像我是跟蹤偷拍的狗仔一樣，如果他一拳揮過來，我也不意外。

「給你。」我把黑色塑膠袋放王子謙面前的地上。

「什麼東西？」

「我哥的舊制服。」我深吸了一口氣，有點不好意思，「呃……其實呀！也不會很舊，因為我媽是做學生制服的，我跟我哥幾乎每年都會有新的制服，是都有些小瑕疵，不過沒關係的。」

王子謙沒說話，讓我很尷尬，這樣是怎樣，現在他是要收？還是不要收？

「對了。」既然王子謙沒反應，我就硬著頭皮繼續說，「還有，就是午餐的事，先跟你說，學校一直有補助方案，我會請林導去申請，所以下星期你中午時間要留在教室吃午餐，知道嗎？」

「我……」王子謙一句話卡在喉嚨，要說不說的。

「不好意思，這麼唐突，不過這都是我總務股長的職責，應該的，你不用太在意，記得穿制服來，還有吃午餐。」我突然覺得跟在蘇藝芬身邊久了，我好像講話也變流利，說不定改天我也可以去參加演講比賽，不過這些話聽起來怎麼好像政客，「呃，那我先回去，再見。」

我不等王子謙回覆，快速地衝回家，陀陀看見我後，熱情地吠了兩聲。

「陀陀乖。」我摸了陀陀的頭，陀陀還是繼續熱情地吠叫，奇怪，通常在我摸了陀陀的頭後，陀陀就會去一邊休息了，難道是……。

「安妮，妳跑去哪了？」蘇藝芬從我房間走出來，扠腰站在樓梯上。

「就……」我怎麼覺得蘇藝芬這問話的口氣好像老媽呀！

「就什麼就？看妳心虛的樣子，一定有事瞞著我。」

蘇藝芬的八卦魂復活了，她一定看出了什麼端倪，我千萬要冷靜，王子謙的事我絕對不能讓她知道，要不然，不出三天，連隔壁班都會知道。

「沒有，本來想去……」我要掰個合情合理的事由，「本來想去……」

「本來想去哪？那是去了沒？」

「就本來想去……」

「安妮，媽呢？」老哥從房間走出來，背著電吉他，「晚上我要去團練，不吃晚餐了，記得跟媽說一下。」

「安進哥，你在家喔。」蘇藝芬剛剛一副精明樣，瞬間轉換成可愛清純模式，「伯母說要去超市一趟，我會跟她說，你不吃晚餐。」

「那謝謝妳了，藝芬，再見。」老哥經過我時，拍了一下我的肩，「安妮，我先出門了。」

我鬆了一口氣，危機解除，估計未來的一兩個小時內，蘇藝芬都會處在愉悅的心情下，沒時間顧及我到底有沒有什麼祕密。

630 元

我的零錢包裡剩下五十五元，還有一週才領零用錢，經過幾番掙扎，我給了小豬撲滿十元。下次領錢，我一定要開始記帳，這樣才知道錢花到哪裡去了。我拿起便條紙，用麥克筆寫下兩個大大的字，記帳，再加上兩個驚嘆號。把便條紙貼在小豬撲滿上，我想，這樣我一定會記得，這樣我無法耍賴。

我跟蘇藝芬走過陳小開的便利商店，裡面堆疊滿地的麵包提籃。奇怪，我記得陳小開說過，通常在半夜來補貨，清晨前夜班店員會收進倉庫，怎麼現在店裡還是一團亂。

「陳小開店裡的麵包訂量還真不少。」蘇藝芬眉頭深鎖，「不單純。」

「可能店員還沒收完吧！」我回答著，但看看那些麵包，似乎多了點，不，應該說，多很多。

我們還沒走進教室，就聽到陳小開的叫賣聲？陳小開沒遲到就算了，還叫賣什麼？

「安妮總務，妳吃早餐了嗎？」陳小開禮貌地向我行禮。

「吃過了。」我說，有點搞不清楚狀況，陳小開的桌上少說也有二十個麵包。

「那要不要來個麵包當點心？」

「陳小開，你現在是開外掛嗎？」蘇藝芬搶在我前頭發聲。

行禮。

「美麗又大方的藝芬小姐，吃早餐了嗎？」陳小開又禮貌地向蘇藝芬

「陳小開，你現在是店長養成訓練嗎？」

蘇藝芬永遠都不是好打發的角色，如果陳小開不正面回答的話，應該會沒完沒了。我只要站著看他們彼此的應答，就可以知道發生什麼事了。

「小開，給我一個麵包。」張家柱擠身到蘇藝芬跟陳小開之間，將錢放在陳小開桌上。

「謝謝光臨，還有發票喔。」陳小開送了一個大大的笑臉給張家柱。

「陳小開，你現在是便利商店的臨時櫃嗎？」蘇藝芬繼續提問。

我先回座位了，但是視線還是離不開陳小開的臨時櫃。

「唉呦，蘇大小姐妳不買又妨礙我，很像奧客哩。」陳小開抱怨著。

「什麼奧客？」

「哇！王子謙同學這身制服果然適合你，早餐吃了嗎？要不要買個麵包？」陳小開推開蘇藝芬，轉移目標繼續兜售他的麵包。

「不了，謝謝。」王子謙快步回座位。

「陳小開……為什麼……」

蘇藝芬像個陰魂不散的地縛靈，正緊緊巴在陳小開的座位旁，我只能默默地替陳小開禱告。

「吼！蘇大姊妳嘛幫幫忙。」

「說呀！說出來，我就幫幫忙。」

我怎麼覺得這兩人的對話不搭，卻也無縫接軌，陳小開是要她讓開，而蘇藝芬還是堅持要知道原因。

終於在第一節課鐘聲響起前，陳小開舉白旗認輸了，他說今天的麵包訂量有誤，就比平時多了一個零。

多一個零耶！那不就是……。

「多十倍！」蘇藝芬瞪大雙眼，一副撞見自家姊妹做錯事的模樣。

「對啦！而且你也知道這期限都只有三天左右，如果賣不掉，除了我們要吸收這筆損失，也算浪費食物。」

蘇藝芬沒再多說什麼，她手托著下巴走回座位。這動作代表，她在想怎麼辦？

第一節課下課，陳小開又開始叫賣麵包，可惜班上不是吃過早餐，就是已經買他的麵包當早餐了。

「你這樣太慢了。」蘇藝芬走到陳小開身旁。

「什麼？」陳小開嚇了一跳。

「搬著麵包，跟我來。」蘇藝芬把沒人的桌子搬到走廊，陳小開跟在她身後，「在這裡賣。」

「這樣好嗎？」

「快點啦！你還怕丟臉嗎？」蘇藝芬的主管氣勢，讓陳小開不得不開始動作，「安妮。」

「有！」我趕緊舉手，小跑步到蘇藝芬面前。

「這張，拿去福利社影印五十張。」蘇藝芬給了我一張A4紙，「陳小開給安妮五十元。」

陳小開急忙掏出五十元給我。

「麵包限時特賣，只有今明兩天，一年三班教室走廊，校門口便利商店。」我看著那張紙，這是宣傳單。

「影印回來，記得沿路發送。」蘇藝芬再次叮嚀我。

「是。」我挺直腰，只差沒敬禮，便自動稍息離開。

陳小開帶來的麵包在第三節下課都賣光了，他超級佩服蘇藝芬，說她根本是銷售之神，以後都要叫她一聲蘇大姊。

放學回家的路上，蘇藝芬跟我說這不叫銷售，這是危機處理，頂多不賠錢。還說如果每天這樣搞，業績也不會有多起色。

「蘇藝芬。」我停下腳步。

「什麼事？」

「我不知道妳理財這方面也有研究？妳可以告訴我，如何快速存錢

嗎？」我盡量張大眼睛，用鞋貓劍客那招，希望蘇藝芬能傳授我幾招，看我的小豬撲滿能不能也多一個零。

「裝什麼可愛，存錢只有三個字，慢，慢，還是慢。」蘇藝芬說完，還嘆了一口氣。

「妳這樣講讓人很沮喪，虧我剛剛還對妳超級有信心的。」

「不該沮喪嗎？信心在哪裡？妳存錢的目標是多少？」

「至少七八千元。」我自動地把目標金額先打個折，說不定蘇藝芬還可以給我指引一條明路。

「七八千元，那妳一個月零用錢是多少？」

「我一個月的零用錢，四百五十元。」

「所以妳不吃不喝，不花任何一毛錢，至少要一年六個月左右才會存到七千，對不對？」

「天呀！我吃很多，喝很多，花很多，可能不只一年六個月左右了……」我滿滿負面能量，「怎麼我買套書，跟青年購屋同樣悲哀，所以我應該投入圖書館的懷抱就好嗎？借，不用錢。」

「嗯。」蘇藝芬盯著前方過去的一台賓士車，「要怪，就怪妳沒有生長在那戶人家。」

「戴襄玉家？」我順著蘇藝芬的直視方向，「是呀！她是有錢人，那她為什麼不還我三十元呢？」

「戴黛玉沒還妳三十元！」

「呃……」我暗叫糟糕，竟然說溜嘴，「就……唉呦，是我還沒跟她說啦！我會快點跟她說啦！」

「拖拖拉拉，難怪存錢也沒什麼進度。」

蘇藝芬又把我當她妹妹了，一路把我教訓回家，還說我再不跟戴襄玉討錢，她就要幫我去討，說什麼沒見過我這麼沒膽的債權人，借錢的人都不客氣了，討錢的人還不好意思，到底誰才是天經地義呀。

680 元

終於又讓我撐到老媽發零用錢了。

我順手給小豬撲滿五十元後，想起那天蘇藝芳那幾句不吃不喝的理論，加上小豬撲滿上要求我自己記帳的便條紙，讓快樂的心情瞬間瓦解。

我從抽屜找出一本沒在用的筆記本，再三叮嚀自己，就算花一塊錢，都要好好記下來，千萬不可以有呆帳。

上個月最後剩下五十五元，加上今天的零用錢四百五十元，存了五十元，所以我手上有四百五十五元。

四百五十五元，確定後，我趕緊記在筆記本的第一頁第一欄。

我好像早該這麼做了，才不會一直對那些莫名其妙的呆帳懊惱，甚至生氣。也不用把心思放在不斷地回憶每天的行程及花費，搞到我都精神衰弱，一度還想要去做催眠，看錢到底又花在哪個刀口上？

「喂！」坐在我後面的蘇藝芬用原子筆戳了我一下。

「什麼事？」我馬上轉頭。

「妳今天反應好快。」

那當然，我目前沒有呆帳，腦子清楚得很，我給了蘇藝芬一個微笑。

「妳聽說了嗎？」

蘇藝芬那種沒頭沒腦的疑問句，讓我愣了好幾秒，要聽說到什麼嗎？月考考古題？誰跟誰談戀愛？現在最紅ON檔戲是？再看看她樣子，我還是反問她比較快，「什麼事？」

「王子謙呀！」蘇藝芬壓低音量，還左右張望。

聽到這幾個關鍵字，我試圖保持冷靜，在腦中搜尋一下相關資料，我知道的事和我做的事，我都沒說出去，那還有什麼事？

「聽說這幾天有些凶神惡煞的黑衣人在校門口堵人，逢人就問認不認識王子謙。」蘇藝芬再度壓低音量，用接近氣音問我，「妳有沒有遇到過？」

我正想回她少無聊，什麼謠言跟聽說，卻發現身旁有種共鳴的聲音，班上幾乎七八成的同學在講這件事。我特地瞄了一眼王子謙，看他在做什麼，他知道這些聽說嗎？

王子謙站起來，全班突然安靜，害趴著休息的班長林信哲誤以為老師來上課，立刻站起來，並大喊了一聲，「起立。」

林信哲發現不對勁，看了一下手錶，還有兩三分鐘才上課，尷尬地坐下。

這時，王子謙走到講台旁，全班還是沒有聲音，大家似乎在等待他開口，看會透露出什麼意想不到的事情。這樣無聲無息的氛圍，讓我感到害怕，說真的，我不想知道原因。

我站起來，全班換盯著我，「還沒上課，不能先上廁所嗎？」

「那是討債公司的人……」

我兩三步併著走，要出教室時，王子謙正開口說。

「那是討債公司的人，為了避免不必要的麻煩，如果被問到，就說不認識。」放學路上，蘇藝芬一臉洩氣樣，「就這樣，什麼跟什麼嘛，觀眾要的是原因，是故事，不是這種，這算是叮嚀的話嗎？」

「是喔。」我讓嘴角微微上揚，表示一下參與感。

「安妮，妳那時候為什麼要上廁所？」蘇藝芬可怕的地方，活像機場的偵察犬，不管你偷藏了什麼，她絕對嗅得出來。

「就……就想上廁所。」我轉動腦筋，要轉移話題嗎？還是搬老哥出來神救援好了，「唉呀，這不重要，我老哥呀！」

「哥怎麼了嗎？」

「他們快校慶了，有社團成果展。」

我老哥這張王牌簡直是蘇藝芬的剋星，接著我們聊到去老哥學校校慶的那天要穿什麼衣服。這個話題就蘇藝芬而言，比什麼八卦情報都重要，她還跟我約法三章，要暗槓這個消息，不要給其他女同學知道，不准我再邀其他女同學。

蘇藝芬在麵攤之前的巷子，就滿臉笑容地跟我說再見。

經過麵攤時，我看見王子謙在裡頭幫忙準備晚上的營業。我沒跟他打招呼，現在是麵攤逐漸忙碌的時刻。

「總務股長。」

叫我嗎？我回頭看到王子謙走出麵攤。他早已換下制服，腰間繫著一件暗紅色圍裙。

「嗨，看你們在忙，不好意思打擾。」我說。

「我知道，我只想跟妳說，謝謝。」王子謙搔著頭，「還有，是我爸欠了一屁股債，現在我跟我媽……」

「喂。」我打斷王子謙的話，我知道他要講了，是他沒在班上開口的故事，「不是在忙嗎？」

「可是……」王子謙再度搔著頭，「可是妳是最有資格知道為什麼的人，因為妳幫忙過我。」

「我幫忙過你，我已經得到你的謝謝了。快去忙吧！老闆在看你了。」

我推了一下他，「明天見。」

我向王子謙揮手再見。管他什麼故事背景，只要努力，明天仍舊有希望的。我從書包拿出一塊巧克力，這是犒賞我自己的。等等，我一定要好好記帳。

700 元

零錢包裡四個十元硬幣，先給小豬撲滿兩個，再扣掉前天的巧克力十元，加減後，剩四百二十五元。我檢查一下零錢包，沒錯，剛剛好，就是這個數目。

不過看著小豬撲滿目前的進度，七百元，真的有點灰心，就算戴襄玉還我三十元，好像也沒差多少。如果她不還錢，就當花掉或是遺失，也是沒差多少，我之前的呆帳都比這筆三十元可觀了。

那我到底要不要為了三十元，開口跟戴襄玉要呢？不跟她要，其實我心裡頭還是常常盼望著這三十元，希望它們早日能回家，畢竟那真的是我的錢。跟她要，不知道她又會怎樣想？會覺得我小氣嗎？才三十元也要用討的。還是，她只是忘記了？

唉！怎麼借錢給人家，搞得比買杯飲料喝掉還煩人。難怪老媽常說不要借錢給人家，真該聽老媽的話。這三十元簡直是折磨人呀！這事又不能找蘇藝芬商量，拖了這麼久，她肯定把戴襄玉的桌給掀了，我真不敢想像。

「邱安妮。」

老哥在叫我？沒錯，老哥在敲我房門。

「妳在睡覺？叫這麼久都沒反應。」

「哪有？」我開門讓老哥進來，「什麼事嗎？」

「社團成果發表展的邀請卡，有地點跟節目單。」老哥拿給我後，轉身就要走了。

「老哥，我問你喔。」

「什麼事呀？」

「就……」我正要開口，但見房門開著，雖然老媽在樓下車衣服，但要是突然上來，又正好聽到我的問題。我把老哥拉進房間，並輕輕地關上房門。

「什麼事？這麼神祕。」

「就……我有一個朋友借了同學三十元，結果那個同學一直都沒還，然後我這個朋友很苦惱，要不要跟這個同學討錢。」

「蘇藝芬喔。」老哥眉頭皺了一下。

「不是不是，跟她一點關係都沒有，你要是遇到她，千萬別提起這件事。」我搖頭又揮手，這個黑鍋不能給蘇藝芬揹，要是被發現了，我就慘了。

「妳喔。」老哥雙手抱胸，犀利的眼神看著我。

「當然……不是啦！你就說說看，怎麼辦？」

「就當作自己花掉了。」

「啥？」我有沒有聽錯，老哥是消極派的，「為什麼？」

「沒有為什麼，妳借錢給人家的當下，就跟不要了那筆錢，送給人家，是一樣的情況。」

「可是那是我的錢耶。」

「妳的錢？」

「說太快了，是我朋友的錢。」都怪老哥這理論太偏激了，搞得我快露出馬腳。

「那妳有寫借據嗎？」老哥停頓了一下，「沒有吧！妳這個個性，就算有，也不好意思去討，所以就當作花掉了。記得以後不要借錢給別人了，被老媽知道，妳就完蛋了。」

「喂！就說是我朋友……」我看老哥開房門，趕緊閉嘴。

當作花掉了！呆帳才是我花掉的，借給戴襄玉的三十元，根本就像丟進池塘，噗通一聲，沒了。

唉呀！還是我就跟戴襄玉說不用還了，真的不用還了。這樣的話，我會不會好過一點？

720 元

早上我又給小豬撲滿二十元了，不知道是因為每筆消費要記帳的關係，還是煩惱那三十元的最終解決方式，讓我沒什麼心情花錢。

這幾天，蘇藝芬一直問我怎麼了，我總回答她沒什麼，只是在煩惱一件很小的事。蘇藝芬說我發神經，搞自閉，還是自己邊緣化。

「要不要去福利社？」蘇藝芬問我。

「不用了，沒什麼特別想吃、想買的。」我拿出下節課的課本做準備。

「喂！那陪我去，走啦。」蘇藝芬把我從椅子上硬拉起來，拖著我往福利社走。

我們要走進福利社時，戴襄玉剛好跟一群同學正要出來。

「妳們遲了一步，我結帳了，下次再請妳們吧。」戴襄玉經過我跟蘇藝芬身邊時說，下巴還微抬。

「感謝妳的美意，我們自己來就好，拿人手短，吃人嘴軟，無功不受祿。」蘇藝芬的下巴也不甘示弱，抬得比戴襄玉高十五度角，「免得到時候妳錢不夠，又要跟安妮借了。」

「妳……」

「欸，那三十元，妳到底是還安妮了沒？」蘇藝芬轉向我，「她還了嗎？」

我好想把蘇藝芬打昏拖走，怎麼在這個時間點提起這件事。雖然我是一直在思考合適的時間點，但應該不是目前這個時間點，下課時間，福利社前，還一群同學，唉呦喂，要回答也不是，不回答也不是，我的手心又緊張到出汗了。

「對喔！還有這件事。」戴襄玉一派輕鬆樣，「我今天的錢花光了，要不然，下課後，學校前咖啡店見，等我媽咪來接我，就有錢了。」

戴襄玉話講完轉身就走，留下我跟蘇藝芬，我們在原地發呆了幾秒。

「就這樣？」蘇藝芬忍不住問我。

就這樣，放學後，我們在咖啡店點了兩杯伯爵鮮奶茶，等了十五分鐘左右。戴襄玉把三十元放到我面前，然後連句再見都沒說，就閃人了。

「就這樣？」蘇藝芬看著桌上的三十元，很錯愕地又問了我。

我將三十元收進零錢包後，突然覺得這一切根本就是不划算。

「怎麼了嗎？」蘇藝芬察覺到我臉上微細的變化。

當然，逐漸地，我的臉垮了下來，用吸管攪拌著伯爵奶茶裡的冰塊，「蘇藝芬，我的三十元是拿回來了，可是這裡的低消，就這杯，花了我八十元哩。」

「所以，還是賠錢。」蘇藝芬接著大笑。

我卻一點也笑不出來，我要記這兩筆帳，收入三十元，而飲料費八十元，今天營業額負五十元。

870 元

上週除了那杯伯爵奶茶，幾乎沒有任何開銷，我直接賞給小豬撲滿一百五十元。還好因為記帳麻煩，這個月沒花到什麼錢，我看零錢包內還有兩百零五元，十一月底也剩最後一週了，而且是考試週，看來兩百零五元最終應該會進到小豬撲滿裡。

兩天後就要月考了，下課時間，我抓緊時間複習前幾課的英文單字，免得到時又要熬夜把一堆單字塞進可憐的小腦袋。

遙遠座位的兩三個同學，不時傳來吱吱喳喳的交談聲，可能在討論課業吧！雖然這樣想，卻感覺不到她們之間有任何緊張的氣氛，奇怪，最八卦的蘇藝芬都進入考試備戰狀態，還有同學這麼輕鬆自在。

我背每個單字的空隙，皺眉抬頭時，剛好跟班上斜對角座位的葉瑋琳對上眼，她似乎嚇了一跳，閉上嘴，低下頭，右手已經拿著原子筆，左手不自主又拿起尺，整個畫面好不協調。是我多心嗎？葉瑋琳在掩飾什麼嗎？

不管，我搖搖頭，讓自己清醒點面對課本上的英文單字。這個班上的勁爆話題或小道消息，都逃不過蘇藝芬的雷達，她沒說什麼，表示那些都是沒什麼的閒話家常。

900 元

我將零錢包的錢都倒出來，剩下二個十元和二個五元，慚愧地把三十元給了小豬撲滿。這個數目跟我上週預測的，差了一百七十五元。

我很清楚那一百七十五元花到哪裡去了，考試完後，我跟蘇藝芬去逛街，然後吃了三個紅豆餅，喝了一杯多多綠茶，還有巧克力冰淇淋。就這樣，空蕩蕩的零錢包讓我有點心疼，畢竟這些錢已經跟了我兩三週，也預定要進小豬撲滿的。

蘇藝芬說人生總要有些樂趣犒賞自己，要不然只是存錢，多乏味，而且我要存的那筆數目，短期之內，少喝少吃，也不會達成，眼光要放長遠一點，不要淪為守財奴。

我猛點頭說是，因為手上的巧克力冰淇淋，好吃到我都快流淚了，真是值得。不過，我有疑問的是，蘇藝芬怎麼開始走感性路線。是受了什麼刺激嗎？我想說，等冰淇淋吃完再問她，結果就忘了。

是受到什麼刺激呢？我終於在體育課時想起這個問題，等一下，練習投籃時，我一定要問她。

我聽到一些爭吵。是蘇藝芬的聲音？她不是去拿籃球嗎？

「叫妳們不要再講了，是不懂嗎？到底是誰先講出來的？」蘇藝芬瞪著戴襄玉，「一定是妳。」

「為什麼一定是我？」戴襄玉極冷淡的口氣，「每天跟同學催繳錢討錢，叫錢嫂有什麼不對？」

我走近幾步，戴襄玉的話高分貝地從我的耳朵灌進我的腦裡，用台語講出來的那兩個字格外刺耳。錢嫂，是在說我嗎？

蘇藝芬一直叫戴襄玉別講，但是我卻還是清楚地聽到戴襄玉在講什麼。

「才借幾塊錢也要討，這麼斤斤計較，錢嫂是有多愛錢呀！真的很適合當那個職務，錢嫂……」

耳朵為什麼不能像眼睛一樣？說閉上，就能關上。我不喜歡那個詞，也不喜歡現在的感覺。

「安妮，妳還好吧？」

是蘇藝芬在問我，我很想說我還好，可是我說不出口。我現在該說什麼，反駁嗎？承認嗎？那些指控都是事實嗎？

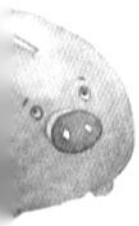

「喂！妳們女生在幹嘛？」班長林信哲走過來，「老師說要去投籃，妳們還在幹嘛？」

「沒有啊。」戴襄玉回答，好像她完全是個局外人一樣，她領著那些女同學先走向籃球框。

「安妮……」

「我們去投籃吧！」有時候我不喜歡學校生活，當真正難過無助的時候，根本沒地方可以躲，如果有，更顯現出自己是個異類，然而有誰想當異類，所以我繼續投籃，等著下課鐘聲，接著上課鐘聲，然後又下課鐘聲，直到這一天結束。

放學路上，我問蘇藝芬多久了。

「沒頭沒腦的，妳是問什麼？」

「多久了？」我再次問蘇藝芬，我清楚她明白我的問題。

「月考前幾天，她們就在講了。」

「是喔。」我想原來如此，這樣很多怪異的情況都可以合理解釋，為什麼跟我對上眼的葉瑋琳會有些慌張，又為什麼蘇藝芬逛街時那麼感性，她早就在幫我打預防針，害怕我聽到這些酸言酸語，她一定有好幾次像今天一樣適時地制止她們，「蘇藝芬，謝謝妳。」

「謝什麼啦！噹那些無知的村姑，本來就是我這種正義之士該做的事，那個戴黛玉，這次玩得太過火了。」蘇藝芬咬牙切齒，「漂漂亮亮一個大小姐，公主病就算了，私下居然是壞心腸的巫婆。」

「她說的也沒有錯，這陣子可能我……」我正要說出我對存錢的執著。

「安妮，在班上收錢是妳的工作，不管是誰，做了這個職務，就是要做這種事，而私下，妳存的，妳討的，都是妳的錢，她不應該這樣的。」

「算了，說不定，改天她們就忘了。」我算是安慰我自己吧！就像新聞一樣，再怎麼聳動的話題，頂多撐個幾天頭版，逐漸地，會有新的事件替代。只是這回，我是當事人，我要找什麼把我自己替代了呢？

950 元

領了十二月的零用錢，我按照慣例先把那五十元給了小豬撲滿。想到戴襄玉那些話，我突然有個衝動，把小豬撲滿的錢都挖出來。

我的書桌上散布著幾張百元鈔以及大大小小的硬幣，將五元疊高，將十元疊高，九百五十元，就這樣。

戴襄玉一天的零用錢會不會就這樣？我越想越洩氣，把那些錢都塞進我的零錢包直到放不下。我也可以不手軟地花掉這些錢，也可以指責別人小氣。

「安妮，妳還不出門嗎？等下遲到了。」裁縫車的聲音先暫停，媽媽扯大嗓門在樓下喊，提醒著我上學時間。

流下眼淚後，我告訴自己，不，我絕對不可以成為那種人。我把錢收回小豬撲滿，這裡每分錢都是我存下來的，我應該比誰都珍惜它們才是。

上學的路上，今天沒遇到蘇藝芬，一個人走著，有點無聊，我低頭想加快腳步，但又不想進到教室。

「喂。」

是叫我嗎？附近有車，我沒看到嗎？我左右看了一下，都還滿正常的。

「總務股長。」王子謙拍了我一下。

「是你喔，早安。」我禮貌性地點頭問早。

「一大早，無精打采的。」王子謙走在我旁邊，「之前那個愛幫助人，活力十足的總務股長呢？沒帶出來嗎？」

「你聽說了喔？是來安慰我的嗎？」我嘆了一口氣，連王子謙這種邊緣人都知道，看來體育課的事，已經無人不知了。

「我只知道，如果沒有妳這個總務，我之前的綽號早就跟來了。」

「什麼綽號？」有比我慘嗎？又讓我想起不該想的那兩個字，錢嫂。

「窮鬼。」王子謙說完，大笑三聲。

「人家叫你窮鬼，你還笑得出來。」

「我就真的窮鬼一個，家徒四壁，欠錢跑路，沒賺錢就沒飯吃沒書念，連這身制服都是妳施捨給我的。」

「唉呦，別提制服的事，以後都別再提了。」真難為情，一件小事不是道謝就是重提，這可不是我的本意。

這一趟路，頓時輕鬆許多，王子謙笑著跟我說討債公司的下三爛招數，還有他媽連夜搬家數次後擬定的SOP。沒想到，王子謙除了在班上一臉的酷樣，還有這樣搞笑的一面。

我們踏進教室的時候，很自然地收起臉上的微笑，各自走到自己的座位。

第一節課是導師林曉詩的國文，她板著一張臉走進教室。我心裡暗叫糟糕，因為擔任總務股長的關係，我跟林導常接觸，知道她這個臉色表示她很不開心。該不會是班級整潔比賽的名次落後？還是又有同學遲到在校門口被登記？天呀！我不敢再想下去。

全班幾乎也察覺到了，沒人敢發出聲音。

「有同學在體育課吵架，有人要解釋一下為什麼嗎？」林導犀利的眼神掃過班上每個同學，幾秒內，又來回掃一遍，沒有人舉手。

林導怎麼會知道這件事，雖然已經換季穿長袖很久了，但我總覺得真正的冬季還未到，有點熱，想伸手擦汗。

「好。」林導仍沒有打開課本的動作，她深深地吐出一口氣，嘴角更用力下壓，「那是誰叫總務股長錢嫂的？安妮當總務收錢訂書，幫助同學，為同學服務，這樣一個幹部還要被你們叫錢嫂？之後誰敢當班上幹部？班長又會被叫什麼？學藝呢？沒有人當幹部，班上這些公務，誰來做？」

沒有同學有反應，班上除了林導說話的聲音，還是一陣寂靜，簡直比自習課還要安靜。我比較訝異的是，林導什麼時候知道的，還有是誰說的，體育老師嗎？難道這才是她今天板著臉的原因。

「全班閉上眼睛。」林導說，「全班閉上眼睛，你有叫安妮錢嫂的，自動舉手。你可能只是跟著別人說，可能只是覺得好玩，也可能不覺得怎樣，或者不跟著說不行，不管什麼原因，有些話要說出口，希望你能先想想，會不會傷到別人？如果會，就應該停止。」

隔著薄薄眼皮，我不知道誰舉手，但是我好像沒那麼在意了。

「手放下，張開眼睛。」林導停頓一下，「每個同學絕對都有機會當上幹部，希望大家以後能善待幹部們。辛苦我們這學期的總務安妮，雖然剩一個多月，我們提前選下學期總務股長，讓新總務股長先就職。」

結果，陳小開高票當選總務股長。

「感謝各位同學的支持，賦予重任的同時，希望同學能以更寬容的角度來對待我，同時也期許我自己不要再帶頭繳遲到的罰款。」陳小開站在講台上，發表自己的當選感言，讓班上剛剛凝重的氣氛和緩許多。林導也說，學校即將把一些例行性的費用，改為三聯單，之後大家可以到超商繳費，總務股長也不用時常保管一大筆金額

我感到輕鬆，雖然已經比較熟悉該有的工作量，不像之前剛開學那樣

緊張兮兮，但是每次遇到全班每個同學需要繳錢時，還是會緊繃神經不敢鬆懈，有時候要把錢交給林導，還擔心地數了好多次，而看著林導要點收的當下，我的心跳數都破百了。

終於放下總務股長這個職務，有種因禍得福的感覺。

1000元

我發現這幾個星期都規律遞給小豬撲滿五十元，而今天的五十元投下後，小豬撲滿達四位數字了，雖然離目標還很久，但總算是有進展。

接著年底，元旦，期末考，放寒假，過農曆年……。農曆年！不就是領紅包的日子，想到這裡，我的小豬撲滿又有希望了。可是我回想一下往年的農曆年，那一包包的紅包原本在我手上，後來好像都剩紅包袋。我打開床頭櫃，翻找了最底層的餅乾鐵盒。

「沒錯。」我哀叫了一聲，餅乾盒裡面滿滿的紅包袋。過完年，那筆壓歲錢就被老媽帶進了郵局，說是將來上大學用，或者存點錢以備不時之需。說來說去，就是現在連碰都不准碰，只能看著存摺那些數字，乾瞪眼。

「安妮。」老哥敲著我的房門。

「什麼事？」我趕緊開門探出頭。

「老媽呢？」

「老媽把昨晚車好的那捆制服送去給頭家了。」我說。老媽這家庭代工有趣的是一堆大大小小的布，還有拉鍊，然後漸漸地變成一件褲子或一件制服。有時候看著裁縫車跑直線，也讓我著迷。唯一不優的就是工資太少，一件衣褲才賺個幾十元，而且旺季要熬夜加班，淡季沒什麼事做。

奇怪我怎麼分析起老媽的家庭代工？

「幫我跟老媽說，我下午幫人家代班，可能打烊下班後，大概十一點

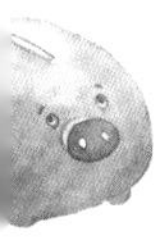

半才會回來。」老哥穿著長袖深色T恤跟牛仔褲，一副出門打拚樣。

「喔。」我想老哥還真勤奮打工賺錢，連星期六都不放過，「老哥，你到底是做什麼的？」

「學生。」

「不好笑。」我白了老哥一眼，「副業呢？」

「搖滾樂團吉他手。」老哥很認真地看著我說。

「吼！你明明知道我在問什麼，你這麼努力打工，難道老媽沒給你零用錢了喔。」我突然想到，依老哥這樣的賺錢方式，早就多過於零用錢，應該有好幾倍吧！這樣老媽還有給零用錢嗎？

「妳現在是在做身家調查嗎？」

「不是呀，我好奇嘛，而且我的存錢速度超慢，蘇藝芬曾經說我至少要一兩年不吃不喝，才會達到目標。」我腦中突然閃過一個念頭，「對了，說不定，我也可以去打工，這樣存錢速度應該可以加快。」

「妳呀！現在才幾歲？專心點念書好嗎？國中生。」老哥大手掌整個壓在我頭頂上，然後轉身要下樓去，「記得幫我跟老媽說。」

「喂！高中生。」我在老哥身後扮了一個鬼臉，氣死我了，他這個小大人都不肯透露賺錢的密技，自己吃香喝辣的，買電吉他還練團，卻讓我一直卡關在這裡，連整套金庸都買不到。

賺錢的密技！沒錯，我一直在存錢，而且還是在有限的收入裡，扣除開銷再存錢，這樣太狹隘了。如果我去賺錢，不就等於提高了收入的金額，這樣一來，可儲蓄的金額也會提高。

哇！這想法太棒了。下星期一上學，我一定要找理財專家蘇藝芬聊聊這個辦法的可行性。

1050 元

我習慣性給了小豬撲滿一個五十元硬幣，算了一下零錢包，還有三百元，這個月領零用錢後，我完全沒花到錢。當蘇藝芬找我，約放學後喝波霸奶茶，我一口就答應。

我咕嚕嚕地喝下一口波霸奶茶，心想如果去飲料店打工，這樣一杯會不會便宜一點？還是隨時可以無限暢飲？

「妳在想什麼？」

「啥？」我差點噎到，蘇藝芬怎麼知道我在想事情，「妳有打工過嗎？」

「有呀！上次暑假，我跟妹妹們回鄉下，就是幫忙阿公阿嬤採收芒果。」

「那算打工？」

「當然算呀！我阿公還有給我工資，一天三百，還包吃包住，但沒有勞健保。」蘇藝芬喝了一口她的仙草凍奶茶，「不過感覺被坑了，我算過一天大概五六個小時，這樣時薪才五六十元，根本就是壓榨可愛的小童工。」

「但沒辦法，是自己人。」

「我媽本來還說不可以跟阿公拿錢，說什麼阿公一年就賺這些辛苦錢，全看天公伯吃穿，好年冬就豐收。如果多幾個颱風，整個芒果就落果泡水了，那還得要申請風災補助。」

「難怪沒人想種田，還說什麼務農都是靠天吃飯。」

「還好，我去幫忙的時候，每顆芒果又大又香，阿公也樂得發薪水給我跟妹妹們。」蘇藝芬轉頭盯著我，「妳這樣問，是妳有想要去打工的想法？」

「就參考一下，想說寒假也快到了。」

「不只參考一下吧？」

「都嘛是妳說我要不吃不喝一兩年，才能存到九千元買書，讓我超沮喪的。所以我在想，如果可以賺錢，這樣存錢的速度會不會快許多？」

「當然呀！除非妳像戴黛玉那樣揮霍，就可能賺多花多。」蘇藝芬咬著嘴唇，想了一下，「可惜阿公的農地，冬天沒有水果可以採收，雖然是低薪，但是是個優良又安全的打工場所，要不然光是要做什麼，還有什麼環境都要認真仔細評估。」

「是嗎？那是妳不缺錢，王子謙剛轉來，隔幾天就出現在我家巷口那家麵攤洗碗了。」

「妳說什麼？王子謙？妳怎麼知道？」

「對呀，就……就路過看到。」我趕緊喝一口波霸奶茶，試圖含混帶過。

「就這樣？」蘇藝芬用林導那種犀利的眼神掃射我。

「就這樣。」我很鎮定又明確地回答，說完還點三次頭。

接著，回家的路途上，我們開始找店家前那一張張寫在紅色紙上的徵人告示，討論上面的職缺。

「外送人員。」我指著便當店玻璃門上的紅紙。

「這沒辦法，我們沒機車駕照，如果有洗碗阿桑的職缺，錄取機率還比較大。」

「早晚班計時人員，短期勿試。」飲料店旁的柱子上也貼有紅紙，「寒假算短期嗎？」

「應該吧！不想教會妳，然後妳落跑了，不過手搖飲料，我還滿喜歡喝的。」

「我也喜歡。」我的波霸奶茶已喝完，剩下空杯子，「不知道有什麼工作適合我？」

「孩子，應該是要看妳會什麼吧？妳喜歡，妳會的，如果有這樣的工作機會是最好的。」蘇藝芬很誠懇地看著我，老大姊的模樣又出來了，「算啦！先把期末考搞定，如果考差了，還沒去打工，就先被送進補習班。」

「也是。」我簡直不敢想像美麗的寒假要蹲在補習班裡。

1100 元

這週要給小豬撲滿五十元時，我有點遲疑。因為元旦連休假期蘇藝芬要找我去逛街，而我手上剩兩百五十元，要是給了小豬撲滿五十元，我不就剩兩百元可以帶出門，感覺有點少。換個想法，改天又要領一月份的零用錢，如果我把兩百五十元都帶出去，應該會花光吧！

與其這樣，好像應該先給小豬撲滿，這樣零錢包內的錢我就可以不客氣地花了。

我跟蘇藝芬逛書局時，我開始後悔把五十元先給小豬撲滿了。

「年終圖書大特賣，七九折起。」我看到書局裡高掛的布條，真想哭，怎麼會剛好在這月底，「或許，改天領了零用錢再來一趟。」

「要不得呀！」蘇藝芬提高八度音，「錢越多花越多，千萬不可以多帶零用錢來。」

「唉……」我嘆了一口氣，還是蘇藝芬懂我，知道我無法控制我自己的買書欲，手頭上有多少錢，就搬多少書，完全不手軟。

「看看就好，圖書館借。」蘇藝芬幹嘛把我老媽這句經典的話講出來啦，有點掃興。

「我一定要去打工。」我握拳，認真地再看一眼特價布條，記一下特價到幾月幾號，卻被一個聲音打斷。

「唉喲，這叫什麼，冤家路窄嗎？」

這聲音真的好熟悉，該不會是……。

「戴襄玉。」蘇藝芬冷笑，「是狹路相逢。」

「來逛書局，買書喔。」戴襄玉一臉不屑。

「啊不然來逛書局，是買滷味嗎？」

有時候我覺得蘇藝芬也很故意，明明打個招呼就可以終止的話題，她非得在嘴上贏過戴襄玉，然後兩個人像是在上演鄉土長壽劇，妳一言我一句的，難怪一幕戲可以拖個三四十分鐘，現在我都不訝異了。

我忘了我剛才要幹嘛，那來找一下金庸小說，看看有沒有算在特價區內。

逛到小說區，我找到了那一套金庸小說，忍不住伸手摸了它們，三十六本新書，跟圖書館那些被翻閱很多次的舊書，觸感就是不一樣。沒錯，都在特價中，在心底盤算了一下，折扣後的金額還是離我很遙遠。

「金庸小說耶。」戴襄玉出現在我身後，「特價中，好便宜喔，不買嗎？」

「嗯……」我一陣臉紅，戴襄玉怎麼會在一旁。

「我家有一套，啊不，算兩套，新舊版都有，我說想看，我爸就都買給我了。很好看，值得收藏。」

戴襄玉就算很平常的口氣講話，還是覺得每句都帶刺，剛剛好都往我身上扎。

「人家要不要買？要不要收藏？關妳什麼事？」蘇藝芬又從我身後冒出，「還買兩套，是要讓大家都知道妳很有錢嗎？」

「我是好心，跟安妮說特價期間，趕快買，不然也差一兩千元。一兩千元對我來說還好，對妳們來說怎樣，我就不知道了。」

「不用妳擔心，安妮會存錢來買。」

這回蘇藝芬跟戴襄玉爭執，我好想找洞鑽。直到戴襄玉拋下一句，「不跟妳們講了。」轉頭離開，我才有種謝天謝地的感覺。

我跟蘇藝芬等公車的同時，又看到那輛每天上下學都會準時出現在校門口旁的賓士車。戴襄玉是不同世界的人，她的世界沒有錢的問題，不用擔心學校任何繳費，到福利社出手闊綽，有時候我懷疑她一個月開銷會不會破萬，不過想想應該不可能，我們還是國中生，一些餅乾飲料怎麼可能吃到破萬呢？或者她有其他的開銷？例如她常炫耀的髮飾或首飾。

1200 元

領了一月份的零用錢，我給小豬撲滿塞進一張百元紙鈔。不為什麼，我覺得我存錢的速度真的太慢了，從八月起到現在一月，我存了一千二百元，平均一個月兩百。按照這個速度，比起蘇藝芬提出那個不吃不喝的速度，多上一倍的時間，要至少三四年才能存到九千，完成夢想。唉呀，三四年，不就是國中畢業了嗎？

我會不會傻了？

老哥當初花錢買電吉他，也是傻了嗎？應該不是，看他現在抱著電吉他那種滿足感，還真叫人羨慕。我揮動竹掃把掃著滿地的落葉，想著老哥那一臉陶醉在搖滾樂的模樣，換做是我，抱著一本本的書，簡直是一種極奢侈的享受。

校園這兩棵大榕樹，總有掃不完的葉子，冬天還好，秋天要維護這塊區域，根本就是快瘋了。剛開始衛生股長還以為我們這幾個在外掃區偷懶，怎麼早上掃地，下午放學又看到滿地落葉。衛生股長監督了外掃區幾天，發現我們不只認真，而是賣力，每天落葉量高達兩三個黑色大塑膠袋。

這滿地如果是錢，那該有多好。我幻想著，滿地掃不完的鈔票錢幣，我拋下竹掃把，跪在地上，把這些錢都捧起來，小心翼翼地放進黑色塑膠袋……。

「有小貓耶。」陳小開呼喊著，打斷我的白日夢

「哪裡？」蘇藝芬快步到陳小開旁。

「圍牆水溝這邊。」陳小開用手上的竹掃把撥弄著水溝旁的樹葉，「看到沒？很小一隻。」

「不要撿，我們養不起，說不定貓媽媽會來找。」王子謙出聲阻止，就在

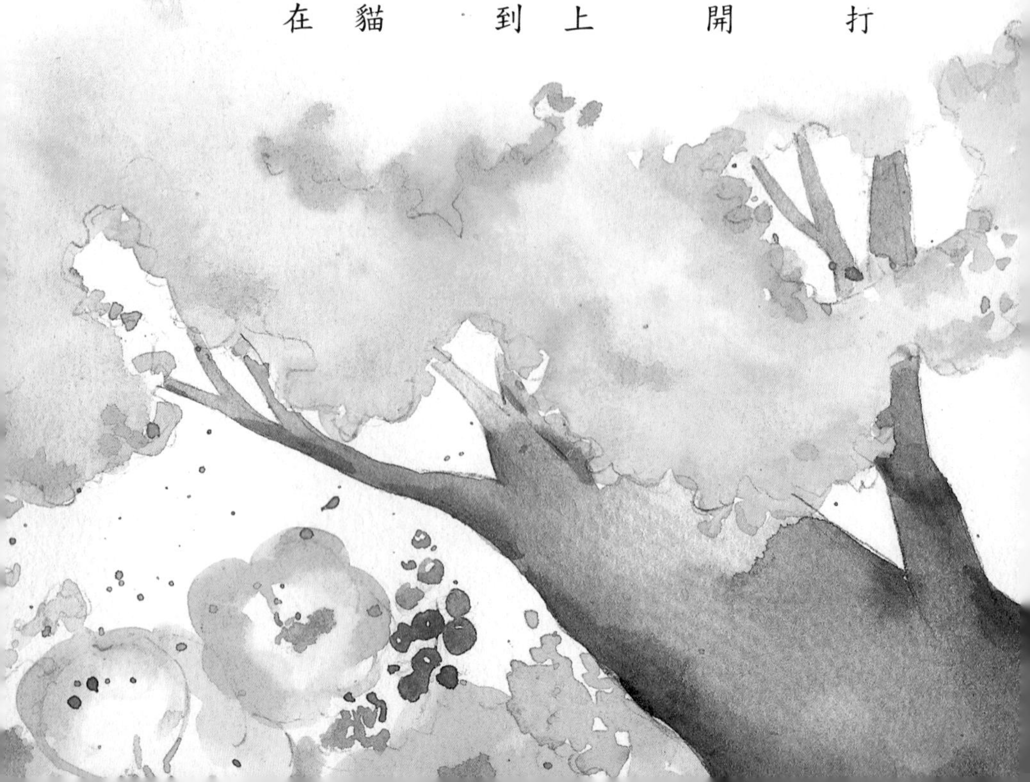

100
500
1000
100
500
100

陳小開準備蹲下抓起小貓時。

「天氣這麼冷，等貓媽媽來，牠會餓死冷死的。」蘇藝芬說。

「這樣是要不要撿？」陳小開手僵在半空中，轉頭看大家。

「撿呀！才一隻小貓，怎麼會養不起？」葉瑋琳說。

蘇藝芬常說她是戴襄玉的小跟班，跟久了，對金錢好像不是那麼在意。看樣子，蘇藝芬的分析還滿正確的，只不過這樣是好，還是不好？

「牠會長大，要飼料貓砂，還要看醫生打預防針，還要結紮。」王子謙說的沒錯，我家的陀陀看似一天吃個兩餐，沒什麼開銷，但兩個月也是吃掉一大包的飼料，加上心情好時犒賞牠的零食，還有不只預防針，每個月也要點除蚤的預防藥，雖然沒有認真算過，但這一筆一筆加起來，也不少。

「那應該也沒多少錢，我們可以用班費一起養，這樣一個人也沒多少

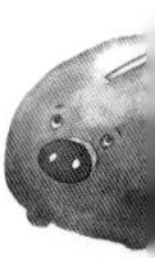

錢，更何況我們還有……」葉瑋琳有些話講在嘴裡面，我想應該是我們還有戴襄玉吧！

「為什麼要花班費一起養？這樣子，像我不同意撿貓的，也是用到我繳的錢。」王子謙說完，掉頭就走。

「咳。」陳小開清了一下喉嚨，他同一姿勢已經維持好幾分鐘了，「那現在是……」

「我覺得我們可以先照顧牠一下下，然後看看有沒有人要認養牠回家。」蘇藝芬說。

我聽出她的語氣有幾分小心跟防範，可能因為王子謙的警告，她覺得這不是一件隨手能做的善事。

「好。」陳小開抓起小貓，小貓扭動兩三下，喵了一聲，便靜靜地看著他，「很乖耶。」

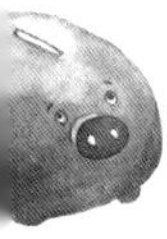

小貓放在教室後面的紙箱裡，大家約定放學後一起帶牠去獸醫院。

獸醫師幫小貓檢查，一切都正常，最後餵了驅蟲藥。

櫃台小姐跟我們說費用是兩百元時，大家楞了一下，這時才發覺對小貓興趣缺缺的戴襄玉沒跟過來。

「陳小開，你是總務，怎麼辦？」蘇藝芬向陳小開使了個眼色。

「我哪是？」陳小開反射性否認，隨即又說，「好像是，不過這不能用班費吧！至少目前不行，挪用班費，要先開班會表決。」

「那就先大家一起出。」蘇藝芬說，從口袋掏出五十元。

「或許，我們可以上網募款。」葉瑋琳兩手沒什麼動靜，看來她不打算出錢。

「兩百元是募什麼款？」蘇藝芬皺著眉頭，「要班費支援已經有待商討了，現在還要募款？」

「網路上都這樣呀！而且網友都很有愛心的，說不定募款後，有一大筆錢，要養牠多久都可以。」葉瑋琳口氣有點不耐煩。

「愛心不是這樣用的，這樣叫濫用……」蘇藝芬說。這個撿貓的行動，好像又出現叉路了。

「我也有五十元，那還差一百元喔，在座善心人士？」陳小開轉移話題，試圖要打圓場。

「我有一百元。」我從零錢包拿出一百元紙鈔。

「安妮，妳怎麼……」蘇藝芬想阻止我，一百元紙鈔卻被陳小開抽走了。

「感謝安妮這位大戶的愛心，小貓愛妳。」陳小開在櫃台付了錢，轉頭給我一個很形式化的微笑。

小貓在放學時間，暫時養在陳小開家的便利商店。

我跟蘇藝芬走在回家的路上，她責備我為什麼一出手就一百元，沒看到葉瑋琳都沒出錢嗎？

「妳覺得她有要出錢嗎？」我反問蘇藝芬。

「沒有。」

「那我們還要等什麼？像她說的網路募款嗎？還是跟獸醫師殺價？」我脫口而出的問題，讓蘇藝芬驚訝到說不出話來，她靜靜地看著我四五秒。

「唉。」蘇藝芬嘆了一口氣，「撿貓到底對不對？陳小開先贊助了店裡的貓飼料給牠，可是之後呢？」

「嗯，而且提議班費支出，也是有問題，不喜歡貓的，不想養貓的，卻仍要一起負擔費用，真的不太公平。」

「是呀！由此可見，善事不是每個人都做得來的，口袋要夠深。」蘇藝芬扁著嘴，「可惜口袋深的，沒有要付出愛心。」

我笑了，蘇藝芬最後兩句，很明顯在說誰喔。

1250 元

考慮了幾分鐘，我還是給了小豬撲滿五十元。扣掉給小貓看診的一百元，零錢包還有兩百元，應該可以撐到下個月，反正最後兩週要準備期末考了。我檢查了一下鉛筆盒的文具，都很齊全，應該不會再花到什麼錢。

陀陀走進我房間，搖著尾巴，叫了兩聲。

「乖。」我摸著陀陀的頭，想到在學校那隻撿到小貓，真希望有人可以收養牠，像陀陀這樣吃好睡好，還養出一團圓滾滾的肥肉，冬天都不怕冷。

陀陀正要趴在地上，露出白花花的肚子，但好像聽到什麼聲音，立刻起身，飛奔出去。

「陀陀，你這隻靈活的胖子。」我笑著，背起書包，準備下樓。

「安妮，蘇藝芬找妳一起上學。」老媽叫喊著。

「喔。」我大喊回覆，心想奇怪，蘇藝芬怎麼刻意繞過來，還這麼早，有什麼急事嗎？

我走出家門，蘇藝芬馬上靠過來，攤開半張手繪海報。

「我叫我二妹畫的，認養小貓咪。」蘇藝芬說，「怎樣？不錯吧！如果小貓放在便利商店，再貼上這張，超顯眼的。」

「哇！」我看著這半張手繪海報，蘇玲芬的繪畫功力真不是蓋的，兩顆眼睛閃閃發亮的橘子貓，可憐地窩在小紙箱裡看著，旁邊寫著，「帶我回家」，超療癒的，「妳又壓榨蘇玲芬了。」

「哪是壓榨？我跟她說小貓的事，她感同身受，就幫我畫了這一張。」蘇藝芬說，「反正，我們先去便利商店看看牠。」

我跟蘇藝芬走進便利商店，櫃台旁的小空間沒看到小貓的紙箱，難道陳小開這麼早就把小貓帶到學校？雖然陳小開最近很少遲到，但是也是踩在關校門的邊緣，不至於這麼早到。我們拉長耳朵聽貓叫聲，並在便利商店內繞了兩三圈，都沒有小貓的蹤影。問了早班人員，她說她不清楚，要再問看看，我們回她說不用麻煩了。

我跟蘇藝芬都沒說出口，但都感受到一股緊張的氣氛。我們有默契地拔腿就跑，衝進教室後鎖定目標，陳小開的座位。果然他人還沒到，這樣的話，貓呢？

昨天放學後，將貓安置在便利商店，又買了三罐貓罐頭給牠，我們才回家的。貓怎麼會不見了？陳小開還不來是怎樣？

我放好書包，準備坐下，似乎聽到愉悅的口哨聲。

陳小開來了。我正想著，蘇藝芬已經出現在教室門口擋住陳小開的去路，陳小開嚇了一跳，哇了一大聲。

「齁，蘇大姊，妳一大早的，堵我喔？」陳小開嘻皮笑臉的。

「一大早？現在都幾點了，貓呢？」

「小貓喔，別緊張。」陳小開邊說邊走向自己座位，「我家那個大夜班的哥哥，卷頭髮那個呀，有印象嗎？他照顧了幾天，說我們那隻小貓好可愛，越看越喜歡，這兩天休假，他想說帶回去適應看看，如果沒什麼問題，他要養。」

「真的？」蘇藝芬情緒轉換超大的，她剛剛還一副殺氣騰騰，像是要扒了陳小開的皮，但現在臉上找不到那戾氣，完全充滿著平安喜樂，甚至還阿彌陀佛。

「真的啦！不然我怎麼敢那麼悠哉來上學。」陳小開說完嘀咕著，「我超怕妳的。」

「那就好。」蘇藝芬回到自己的座位，經過我時，給了我一個燦爛的微笑。

我心想，真的是太好了，傻傻惹人憐的小貓一定可以擄獲那個大夜班哥哥的心，甚至網羅他的家人，這將是個好結局。我微笑著，卻有點哀傷，了解大夜班哥哥那種越看越喜歡的心情，我也好喜歡小貓，可惜我現在沒辦法養牠，應該說是沒有足夠的能力可以養牠。

1270 元

蘇藝芬昨天遊說我喝了一杯波霸奶茶，說是考前的慰勞。早上打開零錢包我剩下一百五十元，遲疑了幾秒鐘，我給了小豬撲滿二十元。例行性的五十元變成二十元了，小豬撲滿應該不會介意吧？我有點不好意思。

剩三天考試，之後結業式，就是寒假了。哇！好大的甜頭喔。想著，我的精神就來了。

最後一堂自習課剩十五分鐘左右，全班各個角落漸漸發出瑣碎的雜音，像是收訊不佳的電台，有聲音，但卻聽不清楚什麼內容，讓人覺得煩躁。

「沒辦法啦！」戴襄玉的聲音最大，讓人想裝作沒聽到都難，「結業式完，我要馬上回家，因為趕晚上的飛機，我媽要先帶我去美國迪士尼，大概一週吧！然後會回來過年，大概初五，又要去北海道滑雪……」

唉呀，我好想把耳朵摀住，戴襄玉怎麼可以把美國日本講的跟搭高鐵就能到一樣，我連要去墾丁花蓮都有困難，心裡真不是滋味。

「你們有要什麼嗎？我可以幫你們買，你們知道的嘛，進口的東西在國外買比較便宜，量多還可以免稅……」戴襄玉還在講，花錢買東西的話題，她永遠不會詞窮。

「風紀股長。」蘇藝芬大喊，「現在是沒有王法了嗎？」

「喂！風紀。」陳小開推了一下坐在他隔壁的風紀股長，「哇勒，你睡著了喔？」

風紀股長被推倒，趴在桌上，馬上清醒過來，扶好歪掉的眼鏡，一臉尷尬，全班笑翻了，尤其是陳小開拍著桌子，還跺腳。

「同學安靜。」班長林信哲極嚴肅的神情讓全班瞬間安靜，他看了一下手錶，「剩七分鐘就放學，大家堅持一下好嗎？明天就是期末考了，有事下課再說。」

其實七分鐘很短，咻一下就過去了，連兩課國文都還沒複習完，下課鐘聲就響了。

1300元

我斟酌後，給了小豬撲滿三十元，手上握著最後的一百元，因為蘇藝芬說要帶我去吃那家新開的超級大炸雞排。

結業式完，我整理書包時，看著戴襄玉的空座位，忍不住嘆了一口氣，這傢伙動作還真快。

「安妮。」蘇藝芬在我後面戳了我一下，賊賊地笑，「寒假了。」

「是呀。」考試週讓我差點忘了正經事，打工賺錢，現在可不是羨慕戴襄玉的時候。

「來，我們先去吃超級大炸雞排，然後去圖書館晃晃，借幾本……」

「先去買份報紙才是。」我打斷蘇藝芬的話。

「買報紙？」蘇藝芬想不透地看著我，「有什麼勁爆新聞？影劇版的嗎？」

「找工作呀。」

「吼，妳幾零年代的電視劇，找工作上網就好了，還買報紙畫圈圈？」

蘇藝芬吞了口水，「而且說實在的，今年農曆過年卡在寒假中間，很難找，除非妳不放年假。」

「怎麼可能？我爸媽說要回阿公家，而且初二還要去外婆家耶，唉呦，那我怎麼賺錢？」我怎麼覺得打工這件事的難度好高喔，不是說只要肯努力就會有機會嗎？機會呢？

「嘖嘖嘖，先去吃超級大雞排，再從長計議。」蘇藝芬背起書包，推著我快點行動。

結果我們吃完超級大雞排，除了胃超脹，一點頭緒也沒有。我們的癥結點仍停留在有哪個店家願意僱用無工作經驗，且又非長期。

「蘇藝芬。」我唉叫著蘇藝芬，「時間就是金錢，我現在是浪費了時間，也沒賺到金錢。」

「就說今年農曆過年的時間點不好，就卡在寒假中間，哪有老闆要妳去上七八天班，工作剛上手，然後又要休六天年假，之後又上個十幾天，結果要開學了。」蘇藝芬才閉嘴，又開口，「等等，還有寒期輔導課。」

「那可以找一個不受時間限制的工作嗎？」我看著圖書館外的海報牆，名作家演講、鋼琴音樂會、憑發票領燈籠……。

「直銷或網拍？算了，那需要雄厚的資金，投入的還不一定賺得回來。再不然，家庭代工，像妳媽媽一樣。」蘇藝芬盯著那張憑發票領燈籠的紅色海報，然後轉向我，「當然也有簡單一點的家庭代工，像玲芬跟珊芬做的，就裝東西，黏東西。」

「按件收費，一個幾角那種？」我打了嗝，都是雞排的味道，跟圖書館好不搭。

「對呀！不受時間限制，多做多賺，但說穿了，不好賺，辛苦錢。」

蘇藝芬壓低音量，「我媽是因為嫌兩個妹妹太吵，所以找事給她們做。」

「是嗎？不包括妳？」我很懷疑，蘇藝芬常說一放假，要管兩個妹妹總要她喊破嗓子。

「安妮，這個。」蘇藝芬指著旁邊一張海報，「這個呀！徵文，首獎五萬，最高總獎金達百萬。」

「我看看。」我看著這張海報，徵文，不就是寫文章投稿？重點是不受時間空間限制，不管我在阿公家，還是外婆家，只要老爸的筆電有帶去，就可以查資料跟打字。

「妳可以試試看，我對妳有信心。」蘇藝芬拍著我的肩說，「記得國小的時候，妳也是有兩三篇作品在校刊上的。投稿這件事，對妳來說，絕對沒問題。」

「唉呦。」想起那三篇，我怪不好意思的，二年級那篇我老爸教我的，五年級那篇是導師拿國語課的作文去投稿的，六年級那篇雖然是我認真寫的，但其實我是想要那個校慶紀念背包。

不過，蘇藝芬猛灌我這迷湯，好像我真能寫出一篇文章的感覺，讓我不由得想趕快回家開電腦。

「安妮，加油。」蘇藝芬雙手握拳，「如果還不知道寫什麼，可以先來我家，一起做家庭代工，我一定照實算錢給妳，讓妳不至於兩頭空。」

蘇藝芬這個工頭認真的表情，好像我已經接下了這兩個工作，寫一篇文章，跟家庭代工。這樣真的沒問題嗎？

1350 元

領到二月份的零用錢，我還是按照慣例給小豬撲滿五十元，彌補上次只給它三十元的虧欠。不過改天壓歲錢就要入袋了，小豬撲滿也可以吃飽過年。

我走下樓，開了客廳的筆記型電腦，然後盯著 WORD 程式裡那一大片空白，耳邊一直是老媽裁縫車的聲音，我好希望我打字的速度可以尬上老媽的裁縫車。

不行，我太緊張了，先開CANDY，消化幾顆糖果，緩和一下情緒。

五條命結束後，我又回來繼續盯著WORD。

不行，我按了視窗右上角的紅色小叉，關掉WORD，關掉電腦。

「媽，我去找蘇藝芬。」我要出去走走，最好撞上靈感，或者抓一個回家，要不然呆坐在電腦前，太可笑了。

我走過麵攤，王子謙正幫忙準備午前的開店，放寒假後，他在麵攤的工時也變多了。

「嗨，總務。」王子謙向我揮手，手上那雙粉紅色的塑膠手套跟他好不搭。這個年紀的男生，如果在家戴著粉紅色的塑膠手套，幫忙媽媽做家事，根本就是個貼心的暖男，但是在這個麵攤場景之下，就不做這樣的解讀。

「喂，我不做總務很久了。」

「妳要出門喔。」

「對呀，去找蘇藝芬……」我本來想說晃晃，但看著王子謙那雙粉紅色的塑膠手套，那種無所事事的話實在說不出口，「去找蘇藝芬做家庭代工。」

「家庭代工？」王子謙楞了一下，「那種很難賺，沒有固定薪資就算了，就連熬夜爆肝加工，一個月也賺不到多少錢。」

「我又沒有別的專長，寒假又這麼短，中間還卡著過年。」

「也不需要什麼專長。」王子謙兩手一攤，手套間還有些清潔劑的泡沫，「反正有機會就做，總不能挑專長，或談興趣。」

「唉呦。」我總覺得王子謙內心有一塊很脆弱自卑的地方，就算他上次笑著跟我說他的綽號叫窮鬼，但事後回想，那樣的大笑裡，還是藏有一點點的哀愁，「啊不然，我問老闆要不要再收我一個工讀？」

「妳別這樣搶我工作。」王子謙急忙說，「這個工作離家近，待遇好，老闆又很通融。」

「這些對我來說，好像也是一樣耶，真可惜，我還比你早住在這附近。」我假裝嘆息，但想想我為什麼從沒發現麵攤老闆需要人手，明明我就比王子謙更早在這裡，而且麵還吃過好幾碗，真是奇怪。

「不一樣，我比較缺錢。」王子謙手上的事不敢停下，做得更起勁。

「缺錢？」我因為不缺錢，所以我根本不會去注意這些打工的訊息，所以機會就溜掉了。原來如此，會發現什麼，是因為把注意力放在什麼上面。

「嗯，妳在想什麼？」

「我問你，如果要你寫篇文章，寫什麼題目隨便你，你會寫什麼？」

我得到幾個答案。

王子謙說，打工經驗談，如何贏得老闆的信任；又或者，一打工就上手。

蘇藝芬說，演講的訣竅，當大姊的資格；也可能是，殺價殺到老闆的心坎裡。

蘇玲芬說，簡單畫畫，我不要當夾心餅乾之老二甘苦談。

老哥說，十首電吉他的入門曲，輕鬆學習電吉他，搖滾裡的乖小孩。

「搖滾裡的乖小孩？你確定？」我不可置信地看著老哥，再看看房間四周的隔音棉，「不是花小錢打造自己的練習室，或者第一把電吉他嗎？」

「妳到底問這個要幹嘛？寒假沒事做，下學期國文課文背一背，有利無害。」老哥把我推出他的房間。

搖滾裡的乖小孩!!
大姊的資格
老二甘苦談
一打工就上手

他們的答案就是他們的興趣喜好，或是專長經驗，那我的答案呢？

我坐在書桌前，又陷入深思。

1450 元

除夕夜一早，我給小豬撲滿一百元，祝它財源廣進，乖乖等我從阿公家回來。

晚上吃完團圓飯，我先後領到老爸跟阿公還有阿伯給的壓歲錢，不過阿伯的紅包要繳回老媽的公庫，然後再把這筆現金，包紅包給兩個堂哥。

官方說法是避免過年期間資金流量過大，造成宵小之徒覬覦，會在年後自動加值到用戶帳號內。但老哥早在國小三年級識破這個官方說法，他偷偷跟我說，這根本就是控管我們手頭的總金額，深怕我們離開老媽的眼皮下，一不小心或失心瘋花掉。

沒關係，我有手上這兩包壓歲錢就滿足了。雖然薄薄的兩包，但是裡面是千元大鈔喔，收放在口袋裡，光是感覺就很有分量。

大人們在泡茶聊天，老哥跟堂哥在打牌，我雖然看著電視上的特別節目，但腦袋還是惦記著我要投稿，但要寫什麼題目？

我當總務的日子。不要，那些日子很悽慘，還被叫錢嫂，根本就是另類霸凌。

如何存到第一桶金。我根本還沒存到一桶金，連一隻小豬都沒滿，要嘛，應該寫，存錢存到天荒地老，又或者存錢無他法，投錢下去就對了。

「唉。」

「大過年的，嘆什麼氣？特別節目這麼難看？」老哥開了一瓶兩公升的芬達汽水，坐到我旁邊，「要不要喝？」

「嗯，謝謝。」我指著茶几上深藍色的馬克杯，「我存錢很慢，賺錢一事無成，想買書就更不用談。」

「妳現在是要算塔羅牌，還是問卦？」老哥大笑後，一臉正經地說，「不好意思，買了電吉他，沒辦法幫妳買金庸。」

「沒關係，我自己存錢也辦得到，只是時間長短。」我喝了一口汽水，「總有一天，一定能買到，到時說不定還有特價。」

「安妮，還有一種比特價再便宜，只是看妳在不在意書況，當然書況太差的，也可以不要買。」

「你是說……」我看著老哥，突然想到，「二手書？」

「對呀！可以多看看多找，多比價。」老哥雙手擺出彈吉他的手勢，「當初要買時，也跑好多地方，買東西也是一門學問。」

二手書，我心想，至少對折的價錢，不過就如老哥說的，要看書況。

有的跟全新的一樣，有的書頁卻皺到像淋過雨泡過水，偶而還沾有飯粒。

不過想到這一個層面，讓我的心情變好許多，大過年的，這也算好事一件。

5450 元

我把手上的壓歲錢四千元都給小豬撲滿，其餘的壓歲錢大概多少我也不太清楚，外婆給的，舅舅給的，阿姨給的，我連拆都沒拆就給老媽收著。那些錢，目前花不到，注定要存郵局的，所以知不知道總數，對我來說都無所謂，反正到時存摺一翻就清楚了。

領完壓歲錢後幾天，老媽很精明，知道我手頭上還有四千元，先是問我有什麼要買的嗎？我第一時間想到要存，就直接說沒有。

「這樣呀！那要不要我去郵局時，順便幫妳存。」老媽笑著，似乎很滿意我的回答。

郵局？幫我存？我腦中閃過兩個字，不妙。老媽的意思是，一起把所有的壓歲錢存進郵局。這可不行，存進去後，我只有存摺，沒有印章，我根本領不出來。需要用時，一定得通報家裡掌控這財政大權的老媽，老媽會問我為什麼需要這麼多錢？用途是什麼？最後我會得到，「駁回」，兩個字。因為老媽會說圖書館借就有，為什麼要買呢？

「怎麼樣？」老媽抱著期盼的眼神跟口氣等我回答。

「我書桌上有個撲滿，我在訓練自己存錢。」我對自己的行為據實以報，卻不敢招供自己的目的，暗中禱告老媽別問我目的。

「喔，那隻小豬。」老媽每週幫我打掃一次房間，應該早也發現，「這樣也好，比存進郵局，還能訓練克制力，好好加油，不要沒幾天，挖出來花光喔。」

「好。」我想當然，一定要加油，過年後，小豬淨賺四千元，離我的目標邁進一大步，我想如果真的找到老哥說的二手書，書況也好，說不定我已經可以買了。

我抑制著這興奮的情緒，還是再忍耐一陣子，或許等我達到目標九千元，再決定該怎麼做。

吃完早餐，我便一直坐在電腦前，雖然藉著壓歲錢大賺一筆，但想著投稿的事也不能因此不了了之，否則這個寒假好像很空洞，沒做到什麼事，自己像個厚臉皮的寄生蟲，巴著宿主吃香喝辣的，該不會肚子已經肥了一圈了吧？

我也要做點事才對，我鼓舞著自己一定可以的，就寫一篇，與錢奮鬥史。經過這幾個月，我想還滿有資格寫這個。

沒錯，我給自己滿滿的正面能量。

「安妮，妳整個早上坐在電腦前做什麼呀？」老媽停下裁縫機的工作，準備要進廚房煮午餐。她在我背後停下腳步，對我在電腦前坐了三個多小時感到懷疑。

「我在賺錢。」

「賺錢？」

「打文章，賺錢。」我看著WORD左下角的總字數，今早這樣的工作量，雖不能說滿意，但是可以接受。

「這樣能賺錢？」老媽對於我信心十足的回答，仍是困惑。

「對。」

「那妳多打一點，多賺一點。」

「好。」

老媽沒再多問，就進廚房了。她應該覺得我在開玩笑，如果看部電影，或者看網路漫畫，這樣的回答反而比較正常，她也可以念我整個早上看電腦，眼睛會壞掉，叮嚀每看三十分鐘要休息一下，或者不要窩在電腦前，出去走走。

但是我剛剛的答覆完全在老媽意料之外，讓她不能理解，也超過她的反應。沒關係，創作是孤獨的，一天兩天，久了，老媽就會理解我了。

中午吃飽飯，我有點睏意，既然這樣，到蘇藝芬家做點家庭代工，動動手，聊聊天。

「來，妳坐這裡。」蘇藝芬給我一張小椅子。

「怎麼做？」我看見一堆緞帶，還有些閃亮的小珠子及小橡皮圈，一旁蘇玲芬正在穿針線，感覺這工作很細緻。

「縫蝴蝶結，就綁在狗頭上的那個。」蘇藝芬拿起針線及緞帶，「就

這樣，穿過
去，繞一下，
一個蝴蝶結，
再加上兩顆
珠子，然後
再兩三圈，
打結。」

蘇藝芬

兩三下做好
一個蝴蝶結，

我則是愣在第一個步驟。

「能不能慢點，再來一次。」

我不好意思提出要求。

「這樣呀。」蘇藝芬依兩倍慢速再做一次蝴蝶結，「懂嗎？」

蘇玲芬發出清脆的笑聲，我轉頭看她，想不到剛剛還在穿線的她，眼前的塑膠盒已經完成六七個蝴蝶結了。

我一手拿著針線，一手拿著緞帶，不斷問然後呢。

「蘇珊芬，妳來教安妮。」蘇藝芬受不了我一再詢問，嚴重打擾到她的進度，叫另一旁的蘇家三妹來教我。

「哈，我來教安妮姊姊最適合。」蘇珊芬笑呵呵地說，「因為我的動作最慢，安妮姊姊一定跟得上。」

我好挫折，怎麼一個小小的蝴蝶結，有夠難縫的，而我的等級居然跟國小三年級的蘇珊芬一樣，好丟臉喔。

結果兩個小時我縫了二十個蝴蝶結，蘇藝芬猛搖頭，說這要是我的職業，我會餓死，還說不知道怎麼算工錢給我。我說不用了，就當作我來上了一堂家政課。說實在的，我也不好意思拿幾塊錢的薪資，簡直太搞笑了。

5550 元

我把二月零用錢剩的一百元給了小豬撲滿，會這麼豪爽是因為領了三月的零用錢。前兩週也沒多給它，有時候還想著一下子給四千的壓歲錢，會不會太誇張了，是不是應該一個月一千慢慢給？

「所以妳有投稿嗎？」蘇藝芬轉身問我，這學期她坐在我的右手邊。

「有呀。」我收著數學課本，拿出下一節的英語課本。

「那妳寫什麼？」蘇藝芬接著問。

「我就寫……」突然這樣被問，我感覺好奇怪，有點不好意思。

「這是米妮的鑰匙圈，米奇的手機吊飾，都是在迪士尼買的，其他還有……」自從開學後，戴襄玉每天都有固定的 SHOW TIME，上週有日本的護唇膏、護手霜、御守，前天是美國的香水，昨天是美國名牌零錢包。

「這週是美國週的意思嗎？」蘇藝芬白了戴襄玉的方向一眼，還好她離我們有四排遠，要不然肯定又有火爆的場面。

「人家也是在分享她的寒假生活。」

「不知道有沒有一條校規，可禁止她帶那些雜七雜八來學校嗎？煩不煩呀？」蘇藝芬眼睛一亮，「安妮，我們週六去看電影。」

「看電影，這可是高消費喔。」我想著，還好三月的零用錢原封不動在零錢包裡，「所以，妳們寒假賺很多喔。」

「五千左右，我跟二妹一人兩千，其餘零頭都給三妹。」

「哇！妳們做了多久？」

「也沒多久，主要是寒假人手多，整批貨源平分下來，到手的量其實不多。」

上課鐘聲響起時，我們約了週六要去看海賊王電影版。

5600 元

我投了五十元硬幣給小豬撲滿，雖然跟蘇藝芬去看了電影，但該給小豬撲滿的，我還是有預留下來。看著它肚子裡面那些紅紅藍藍的紙鈔，我每天都很有成就感地開始。

今天我是值日生，必須早點到學校，想不到我一踏進教室，戴襄玉已經坐在她的位置上，印象中她沒這麼早到過，而且前幾天她還差一點遲到，奇怪了，她上學的時間差也太大了吧？

「早。」我禮貌性地向戴襄玉問早，「妳今天怎麼這麼早？」

「嗯。」戴襄玉沒什麼精神，眼皮有睏意。

看樣子戴襄玉沒打算回答我，我識相地先做值日生的早晨工作，避免兩個人獨處的尷尬場面。

「安妮，去福利社。」蘇藝芬推了我一下。

「啊。」我嚇了一跳。

蘇藝芬問我在想什麼，魂都跑掉了。我說也不算想什麼，只是覺得不對勁，卻說不上哪裡。我們走到福利社，看到葉瑋琳那群女同學正要出來，然後我們跟她們彼此擦身而過，我手正舉一半要打招呼，她們就這樣走過去了。

「現在是怎樣？沒有戴襄玉，連吵架都不會嗎？」蘇藝芬走進福利社時碎碎念著，「沒禮貌的傢伙。」

「很奇怪。」

「妳柯南看太多，哪裡奇怪？八成戴黛玉不想養這一大群米蟲，所以她們不爽了，連打招呼都不會。」

我跟蘇藝芬回到教室，陳小開正催促著大家繳營養午餐收據，他這學期當總務的好處，就是營養午餐採用超商繳款，他只要收收據，不用收一堆現金。

「安妮，妳的收據？」陳小開看見我走過來問。

「我還沒去超商……」

「陳小開急什麼，昨天才發繳款單。」蘇藝芬擋在我面前。

陳小開搔抓著頭髮說沒事，只是要大家快點交齊。

雖然總務股長每節下課都大喊繳收據，但我一回到家還是忘了，直到吃晚飯後，才想起，趕緊跟老媽要錢去超商繳費。老媽問說一定要這麼趕，都幾點了。

當然呀，我怎麼可以為難總務股長，要讓陳小開好做事，今晚拿不到收據，我連睡覺都不安心。

我快步走向最近的超商，遠遠地透過玻璃牆，看到一個人影在超商內的提款機前，「戴襄玉？」

原來戴襄玉也住這附近，以她的身價，最有可能是隔街的透天豪宅區，既然這麼近，幹嘛搭賓士車上學，走路不就好了？

我進到超商時，戴襄玉已經不在裡面了，也好，不用思考要不要打招呼，而且戴襄玉應該不希望她自己在超商被我看到，應該要是新光三越之類的，她才有面子。

我繳了錢，拿了收據，終於比較放心，明天可以交差了。

5650 元

我知道我給了小豬撲滿五十元，我的零錢包還有一百元，加上四月份的零用錢，總共五百五十元。預計要先去補充一下文具，像原子筆或修正帶，還有水彩用具，看剩下多少錢，再決定四月份如何存錢。

我拿出國文課本，等著林導來上課。

林導今天一進教室，全班立刻瀰漫著一股春天的氣息。這樣的氣氛，難不成我們班整潔或秩序比賽得了週冠軍。

「大家早。」林導臉上堆滿微笑，「我們先公布一件事，恭喜安妮在

校外投稿得到佳作……」

安妮得到佳作？安妮？不就是我。投稿！不就是過年後那篇文章，真不敢相信，我居然得獎了，我在作夢嗎？

「安妮耶。」

蘇藝芬超大力地推了我一下，又拍了我一下，超痛的，我真的不是在作夢。雖然如此，但我一整天下來，對於得獎的事還是感覺不到真實性。

「哪裡不真實？林導親口公布的。」回家的路上，蘇藝芬說我這樣有點病態，幹嘛不相信美好的事發生了。

回到家，我開了電腦，查詢一下佳作的獎金是多少，這才是當初投稿的真正目的。

「佳作……」我眼睛盯著螢幕，手握著滑鼠，食指慢慢滑動，

「六千。」

六千！我衝回房間，看著小豬撲滿旁的便條紙最下面一行數字，是今早謄寫上的，五千六百五十元。所以兩者相加之後，是一萬多，超過了，我可以買書了。

我想尖叫，

但不行，我蓋上棉被，要自己冷靜，一萬多，這筆錢一定要小心處理，要不然，很可能通通進了郵局。

吃過晚飯，我才想起回家的路上，因為得獎這事，忘記去文具店了。我跟老媽說我要去一趟文具店，老媽說我又忘了什麼東西了嗎？年紀輕輕怎麼會這麼沒記性？都八點多了還要出門？

今晚被念都覺得是甜的，我踏著輕快的腳步出門，或許除了那些文具，應該可以多喝一杯波霸奶茶。

經過便利商店時，有個人蹲在電動門旁兩

台夾娃娃機間的角落，我走過去，忍不住多看幾眼。

「戴……」我驚訝地說不出口，戴襄玉好落魄的感覺，她手上抓著營養午餐的繳費單，「發生了什麼事嗎？」

戴襄玉抬頭看到我，馬上站起來要跑走，可是她兩旁是夾娃娃機，後面是大柱子，面前是我，幾乎沒有空隙可以溜。

「妳可以笑呀？」戴襄玉紅著眼眶。

「我為什麼要笑？」我困惑地看著她，沒由來地叫我笑什麼，真是奇怪。想到奇怪，最近種種奇怪加起來，難道是……

戴襄玉肚子發出很大的咕嚕嚕聲，然後她就哭了。

我進便利商店拿了一些關東煮跟麵包，到櫃台結帳前，看到奶茶第二杯半價，忍不住又叫了兩杯奶茶。

「妳請我的嗎？」戴襄玉停頓了一下，又說，「要說欠妳的也可以，等我爸下個月的錢匯過來，我就還妳，我爸只是這個月一張票跳掉，我媽又剛好去找他，所以……」

「就當我請妳，妳趕快吃。」我真想不到肚子餓成這樣的人，怎麼還會花力氣在解釋上面？難道面子真的那麼重要嗎？

戴襄玉放開營養午餐的繳費單，拿起黑輪，咬了一口，又說，「妳不能跟同學說喔。」

「說什麼？」我反問，但馬上反應過來，「喔。」

「蘇藝芬……也不行。」戴襄玉又多咬一口黑輪，塞得嘴巴滿滿的，卻仍要說話。

看桌上那張營養午餐的繳費單，戴襄玉現在連吃飯都成問題，怎麼繳費呀？

「大不了不要吃營養午餐，只不過……」戴襄玉知道我盯著那張繳費

單。

只不過不想讓班上知道，我用腳趾頭想也知道答案，還是面子問題。怎麼辦才好？

「妳等我一下。」我知道哪裡有錢可以解決問題，而且那裡的錢是我可以決定的，雖然跑回家的路上，猶豫該不該這麼做，我已經快達到目標，其實我已經達到目標了，等獎金一入手，我就可以……。我慢下腳步，告訴自己不應該淌這渾水的，但也是沒有別的辦法了，更何況獎金也不是現在馬上拿到，想買的書不急呀。

1650 元

我一早醒來，習慣地坐在書桌旁，順手投錢給小豬撲滿。但是今天，我只是呆看著小豬撲滿，然後又說了一次對不起，昨晚我把那四張千元大鈔挖出來，借給戴襄玉繳費，其餘的讓她這幾天吃飯。

我應該沒做錯事吧？我現在只能告訴我自己，做得很好。

進教室後，我直接坐到自己的位置上，一分一秒過去，就跟平常一樣，同學陸續進來。

等著第一堂課的上課鐘聲，開始一天的課程。

「這賣給妳。」戴襄玉拖著一個行李箱走進教室來，「四千。」

「什麼？」我嚇了一跳，又沒有要出國，買什麼行李箱，還四千，戴襄玉是瘋了嗎？我又不是凱子！

「裡面是金庸小說全套三十六本，連行李箱都給妳。」

「喔。」聽到金庸小說，我居然反射性伸手接過來。

「喂！妳這樣是強迫推銷。」蘇藝芬站起來說話。

「這是我和安妮的事，不關妳的事。」戴襄玉連看都沒看蘇藝芬一眼，「安妮，如果妳不喜歡這些書，再退給我，還有，我欠妳一件事。」

「什麼？」我想不出來還有什麼事？三十元不是早還了嗎？

「錢嫂那個綽號是我先叫的，對不起。」戴襄玉說完回到自己的座位。

「現在是怎樣？」蘇藝芬完全被忽略，她正想問我時，上課鐘聲剛好響起，只好先閉嘴。

每一節下課時間，蘇藝芬都在問到底怎麼一回事。我回答她，我跟戴襄玉買了金庸小說，就這麼簡單。

「怎麼可能就這麼簡單？」蘇藝芬連回家路上都不肯放過我。

「妳幹嘛跟她買二手的？」

「她給我甜甜的價啊！」

「不是這樣的，等妳的獎金一進來，妳就可以買新的。就算妳想買二手的，為什麼要跟她買？不對，她怎麼會賣二手書給妳？這真的太奇怪了。」蘇藝芬一直搖頭。

「我之前不是跟妳說，戴襄玉最近很奇怪，妳就不相信。」我笑著回答，「買書還送行李箱喔。」

我在岔路跟蘇藝芬說再見，看她一副解不開簡單數學題的神情，讓我感到抱歉。

其實如果今天遇到這些事情的人是蘇藝芬，她也會伸出援手幫忙的，就像上學期幫助陳小開那樣。她一定會理解我說不出口的原因跟難處，她是個好人，只不過說話直了一點，不過也因此，她教了我好多事，讓我面對事情時，可以勇往直前。

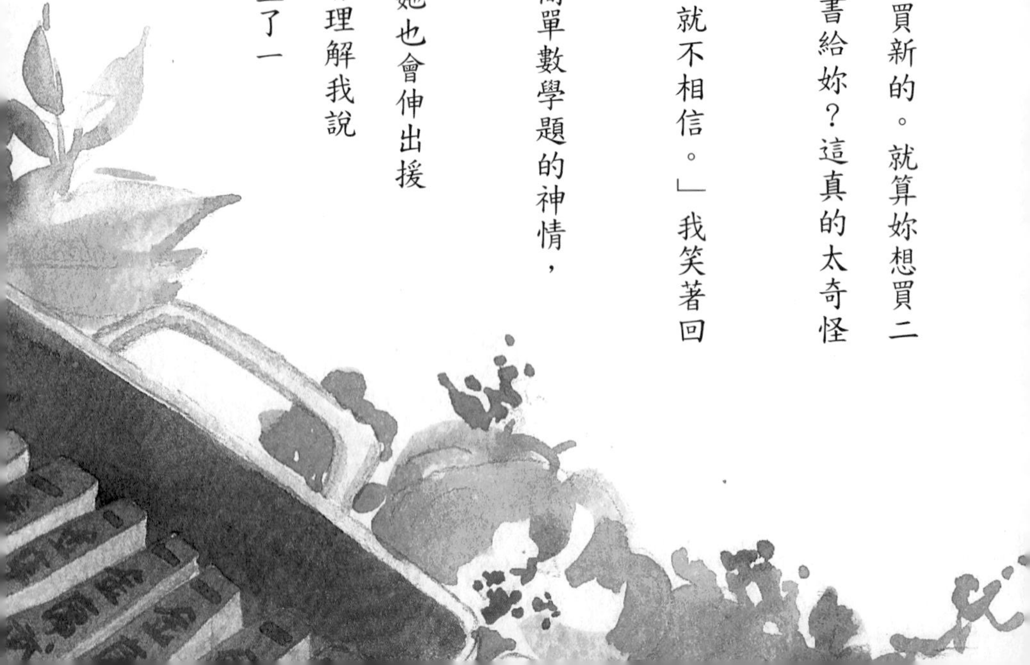

500

我拖著行李箱，走經過麵攤時，王子謙向我揮手，並跑過來找我。

「會不會很重？要不要幫忙？」王子謙正要脫下粉紅色塑膠手套。

「不用啦！有輪子，不費力的。」

「妳要書也不跟我說，我鄉下老家，阿公好像有一套，說不定問了之後，可以送妳，只不過很舊就是了。」

「謝謝了，你不用這麼客氣啦！」我笑著拒絕，「該不會是很舊的那個版本？放著說不定可以增值喔！」

我跟王子謙說再見，我突然感覺手上的行李箱有點重量，就好像又多了一套書。

房間裡，我打開行李箱，裡面每一本書都跟新的一樣，沒有一點點灰塵或黃漬，而且還都包著適合的書套，想不到戴襄玉也是個愛惜書的人。摸著光滑的書套表面，翻閱著書內頁，我突然接受了戴襄玉的可愛，她用她一貫的風格，展現勇氣跟我道歉。

我看著小豬撲滿裡的錢，一千多元，像是回到原點，卻有不同的感受。最神奇的是，這一路來，比起我所付出的，好像得到更多的東西，真的好感謝身旁的每一個人。

我還是會繼續存錢，因為有一筆可以自己決定的錢，好像是件不錯的事。

九 歌 少 兒 書 房 2 6 8

我和小豬撲滿的存錢日記

國家圖書館出版品預行編目 (CIP) 資料

我和小豬撲滿的存錢日記 / 邱靖巧著 ; 劉彤渲圖 . – 初版 . --
臺北市 : 九歌 , 2018.08
面 ; 公分 . -- (九歌少兒書房 268)
ISBN 978-986-450-203-5 (平裝)
859.6 107010356

著 者 —— 邱靖巧
繪 者 —— 劉彤渲
責任編輯 —— 鍾欣純
創 辦 人 —— 蔡文甫
發 行 人 —— 蔡澤玉
出 版 —— 九歌出版社有限公司
台北市 105 八德路 3 段 12 巷 57 弄 40 號
電話／ 02-25776564 • 傳真／ 02-25789205
郵政劃撥／ 0112295-1

九歌文學網 www.chiuko.com.tw

印 刷 —— 晨捷印製股份有限公司
法律顧問 —— 龍躍天律師 ・ 蕭雄淋律師 ・ 董安丹律師
初 版 —— 2018 年 8 月
初版 4 印 —— 2023 年 9 月
定 價 —— 320 元
書 號 —— 0170263
I S B N —— 978-986-450-203-5